文芸社セレクション

なにわ草野球ボーイズ

中村　俊治

NAKAMURA Shunji

文芸社

年金タイガースオーダー

一番　レフト　東さん……………東京から妻の郷里へやって来た七十四歳
二番　セカンド　マルクスさん……右足が不自由な七十三歳
三番　サード　玉ちゃん…………屠場の労働者から肉屋をおこした六十九歳
四番　ショート　ダンディさん……元中学校教員は七十二歳
五番　ピッチャー　グロちゃん………物語のナビゲーターは七十五歳にして無類の女好き
六番　ファースト　巡査さん…………元警察官は七十七歳
七番　センター　ハンモックさん…蟄居のボンボンは七十歳

八番　キャッチャー　指輪さん……認知症の妻を介護するキャプテンは七十八歳
九番　ライト　ダジャレさん……地元Iじまんの元社員は七十七歳
代　打　昭さん……元市清掃職員は七十九歳
代　打　勇造さん……元左官屋は七十九歳
代　打　紘一さん……元M電器社員は七十九歳
代　打　義雄さん……元トラック運転手は七十九歳
監　督　定石さん……八十三歳で息子二人は一流企業のエリート

目次

なにわ草野球ボーイズ

第一章　どっからでもかかって来んかい

①

自宅兼洋品店のある蕪村通り商店街から大川沿いの毛馬桜之宮遊歩道に出てほっと一息ついているのは、年金タイガースのエース、グロちゃんである。夜間高校で野球の経験があり、投手というからには鼻っ柱が強くわしやわしやとグイグイ前へ出るタイプである。今も「儲け話があるんや」と、妻の嘉子さんを煙に巻いて来たところである。

「誰なん?」

「誰でもええがな。お前の知らん人や」

「車で行かんの?」

「梅田のモータープールは、置くとこないからな」　（モータープール→駐車場）

何かにつけ適当なグロちゃんだが、飲むのに車はアカンやろ位の常識はある。第一ゆっくり腰を落ち着けない。グロちゃんはこれで押しも押されもせぬ婿養子である。

―梅川の忠兵衛はん、や

大阪では隠れて遊びに行くことを、遊女に肩入れして封印切りになった梅川忠兵衛に準(なぞら)えこう言う。ただし、若いもんは与り知らぬ言葉である。まああんじょういってるわいと鼻唄のご機嫌でも、天井知らずの増上慢とは違う。戦争孤児のグロちゃんは親戚の間を行ったり来たりで苦労している。苦労を反骨に乗り換え生きてきたのが、グロちゃんの心意気である。

グロちゃんは男でも女でも不平を言う奴をサイテーと思う。たとえ欠いても欠けたることのなしと思うのがグロちゃん流である。我が人生に悔いなしと思えば、世の中怖いものはない。遊興の時使うゴールドのネック・チェーンとブレスレットと指輪の三点セットを上着ポケットから取り出し、グロちゃんがけものみちと称する遊歩道は京橋の歓楽街へ続く道で、梅田とは反対方向である。本通りより知己に会う確率は少ない。

―すっぽんかますわけ、いかんからな　（すっぽんかます→約束を破る）

グロちゃんは嘉子さんの目を盗んでは浮気し、尻尾を摑ませない。外出を昼間に限ることで法界りんきの嘉子さんを言い包めるのは楽勝だし、夕飯で一杯飲むうちに鼾をかく己の習性とも合致する。グロちゃんは七十五歳の男盛りで、昭和のスターディック・ミネに似た色男である。


「いつまでも寒いやないか」

「梅もまだやった」

会話の主はダンディさんと玉ちゃんである。グロちゃんとともに年金タイガースの主軸を担う二人は典型的な水と油で、出会いがしらは遊歩道沿いに新しくできた蕪村公園の前である。

江戸時代中期の俳壇を革新し南宋画を開拓した与謝蕪村は、享保元年（一七一六年）摂津国東成郡毛馬村（現・大阪市都島区毛馬町）に生まれている。毛馬は古くは毛志馬と呼ばれ、馬は島の当て字である。公園は「春風馬堤曲」をイメージして造園されたもので、「菜の花や月は東に日は西に」「春の海ひねもすのたりのたりかな」「芭蕉去てそののちいまだ年くれず」等の句碑がある。

「行ったんか?」

大阪の春便りは大相撲春場所の触れ太鼓と大阪城の梅林である。触れ太鼓はとうの昔に鳴り響いたが、寒気がデンと居座る今年は梅は咲いたか桜はまだかいなである。

「チャリか」

「テクシーや」（テクシー↓歩き）

「帰りもか」

「家内も一緒やったから、帰りはバスや」

「お前もう、敬老パスやろ」

ダンディさんは七十歳になって市交通割引パスを貰ったところである。パスはこれまで無料だったが、世知辛い当節は使用ごとに五十円を要するオマケ付きである。

「お前かてじっきや」

「まだ一年以上あるで」

二人の会話はああ言えばこう言うで、ほとんど噛み合わない。

「若いてええな。この寒いのにランニングシャツ一枚でボート漕いどった」

「ありゃ市大の学生や」

「ダックツアーバスもおったで」

「さして珍しもないけどな」

大阪発で話題となった水陸両用車は今では全国区で、玉ちゃんの言うように格段珍しくもない。新しもん好きを反映し、大阪発はネオンサインや観覧車、自動改札機からカプセルホテル、カップ麺に至るまで枚挙にいとまがない。

「しかし、酔狂やで」

「なんでや。毎年見るもん見んと落ちつかんやろ」

「言いだしっぺはカカアやろ。おなごはあこ行ここ行こて、まあようも飽きんと年中フワフワ浮かれとるわ。花見なんて味もしゃしゃりもないけどな」

玉ちゃんは略さず言うと癇癪玉、幼少から不動のあだ名である。癇癪持ちの事破りとはよく言ったもので、玉ちゃんは横紙破りな物言いをする。

「なんぼ若気の至りでも、あれはいただけんで」

仲間は玉ちゃんの舌打ちをソーレン（葬式）の読経のように忌み嫌う。年齢は最年少の六十九歳で、チームで六十代は玉ちゃん一人である。

「けど、梅は特別や。なんともいえんええ香りがするがな。梅が香にのつと日の出る山路かなて、芭蕉も詠んどるくらいや」

ダンディさんは噛んで含めるようにゆっくり話す。一方の玉ちゃんは立て板に水である。

「おい、仮にもここは蕪村さんの御膝元やで」

蕪村の氏神を祭る朱塗りの淀川神社は目と鼻の先である。

「そやったな。それなら二ものの梅に遅速を愛す哉や。ついでに言うとくけど、蕪村の辞世句は、しら梅に明くる夜ばかりとなりにけり、やで」

教師根性の抜けない元中学校国語教師は聞かれもしないのにスラスラ知識を披露した。ダンディさんはズボンにも言動にも折り目を付ける勤倹力行で、グラウンドへはいつもぱりっと洗濯の行き届いたユニホームで現れる。

「ところでお前、大阪大空襲のこと覚えとるか」

ダンディさんは玉ちゃんが腐した花見に拘泥した。

「いきなり、なんや」

「まあ、聞け」

「言うても俺はまだ乳飲み子や」

「最初の大空襲は終戦の年の三月や。そや、ちょうど今時分やったな」

ダンディさんは思わず天を仰いだ。

「警報解除で防空壕から戻る時、焼け落ちた善源寺のねきで一輪だけ咲きかけの桜を目ぇにしたんや」

「花だけ残ってたんか」

「まだ蕾が膨らんだくらいやったかな。命って不思議や思うたで」

「よう覚えとるな」

「そら三つ子の魂や。あの桜だけは一生忘れんよ」

ダンディさんのモノクロームの記憶は長い影を引いている。ダンディさんはいまだに敵機が空を制して襲って来る夢を見る。空襲を知らせるサイレンの空耳がする。

「花見は世の中があんじょう治まってることを寿ぐ儀式や。だから、有難く梅や桜を見せてもらうんや。この意味わかるやろ？」

玉ちゃんはこれを聞くと怒り心頭に発する。心理学でいう嫌悪の報復性である。ダンディさんの嵩にかかる物言いは、長い教職の名残である。

「へえー。お前は学があるからな」

玉ちゃんの含み笑いは啖呵の前触れだった。

「けど、そんなお前に一つだけ教えといたるわ」

玉ちゃんは明らかに不足の語気である。

「牛を何万頭さばいた俺からすれば、生き物の命はどれもおんなじ単なる命や。差し引きゼロや。輪廻もへったくれもあるかい。現に俺なんかなんぼ殺生したかわからんけど、なんの障りもないからな」

玉ちゃんは一代で精肉店を興した苦労人で、前身は屠場の労働者である。抵抗する牛を数人がかりでトラックから引きずり下ろす。怒声と砂塵が入り乱れる中、牛の眉間をめがけてハンマーでぶっ叩く。

「牛の耳に嚙み付いたら一発で死ぬと、先輩から叩き込まれたもんや」

「そら、勇気いるな」

「必死のパッチやで」

命のやり取りの後は皮を剝いで精肉にする。水の中に肘まで浸かって内臓を洗い、牛の消えた係留場を跡形もなく綺麗に磨き上げる。玉ちゃんは中学を出るなりこの作業を叩き込まれてきた。賭場はその後衛生上の理由や作業の効率化のため、オンライン方式で解体するようになった。

玉ちゃんが心血を注いで開店にこぎつけた精肉店はバブル期までは繁盛したが、近所に大型スーパーができた途端左前になった。旧態依然の玉ちゃんは経営から外れ、息子夫婦と奥さんが引き継いだ。そこには家族の確執があるようで、玉ちゃんのメートルは上がる一方である。

「お前ら、金魚の糞みたいにどこ行くんも一緒やな」

経営権を譲渡するなり引き妻の房子さんは「自分のことは自分でして頂戴」と引導を渡

し、店の二階で息子夫婦と同居した。玉ちゃんは強がっているが、不便この上ないに違いない。スーパーで仲間に遭遇するとそそくさ逃げて帰る始末だし、食材を少量買うのはみすぼらしいと、つい余分なものを買ってしまう。

「文句言うもんおらんと、気ぃ楽やで」

「そら独りは気楽でええやろ。けど、夫婦円満が一番や」

ダンディさんが左団扇で言い返すと、玉ちゃんは満面朱を注いだ。

怒りの対処方法は怒りをため込む迎合型、相手を避ける引きこもり型、怒鳴る殴るの攻撃型、原因を分析して対処するバランス型の四つで、それで言うなら二人とも攻撃型の似たもん同士である。

「別に仲悪（わ）り訳やないで。俺とここには俺とこの流儀があるんじゃ」

玉ちゃんはモスキットトーンの早口で捲し立てた。

「その言葉そっくり返したるわ。お前とこみたいな夫婦があるように、わしとこみたいになんでも一緒のままごと夫婦もある。それを認め合ってこそフェアプレーやないか」

元国語教師はここぞとばかりスポーツ用語を持ち出した。こうなるとまるで子どもの喧嘩である。

「それにやで」

ダンディさんはまだ言い足りない。

「お前みたいにやたら大声出したらええちゅうもんやないで」

二人はプイとそっぽを向いた。莫逆の友とはいかないのである。


そんな折、欣喜雀躍の極楽とんぼが通りかかった。

「ちょっと、グロちゃんじゃないですか」

先輩頼むわ仲裁してくれと渡りに船で声をかけたダンディさんだが、アチャー駄目やと観念するのも早かった。

「えらいやつしてどこ行きですか」（やつす↓めかす）

ダンディさんはグロちゃんのこてこてファッションに眉をひそめたが、さすがにそれは言えない。日頃から甲論乙駁のクリーン・アップだが、年金タイガースは年功序列の不文律がある。グロちゃんは年長者の利である。

「仕事や。梅田でちょっと人に会うんや」

仕事に金銀ちりばめた女衒の格好はないやろとダンディさんも玉ちゃんもピンときて、どうせ色の道やろと推察したのも同時である。

「地下鉄なら、本通りの方が近いん違いますの？」

「急（せ）いてるから、ほなな」

お前らに保険かけられるかいと、グロちゃんは手刀を切って逃げるように二人の前を罷り通った。

「開幕が近いから、火傷せんよう気ぃ付けてくださいよ」

ダンディさんが背中越しに転合（テンゴ）を言うと、それまでそっぽを向いていた玉ちゃんも、「ほんまそやで」と相槌を打った。（テンゴ→悪ふざけ）

いろんなタイプの生徒や保護者と渡り合ってきた元教師は目端がきく。ダンディさんはこれ幸いと秋波を送った。

「草野球の開幕が近づくと途端に元気になるから、現金なもんやで」

「俺かてそうや。年寄り（とっしょり）は寒いとアカンな」

これでどうやら、シャンシャン手打ちである。玉ちゃんは大きい荷台の付いた年代物の自転車を発進させた。

「今年も、頑張ろな」

いかり肩は後ろを見ずに手だけ挙げた。自転車を立ち漕ぎする玉ちゃんは、みるみる春風橋を渡って行った。

「ああ、肩凝った。これまでのどの生徒より骨折れるで」

ダンディさんは右肩、左肩を交互に叩いた。

②

グロちゃんは後期高齢者になったが、年齢なんかなんのそのである。人間気い次第で何とでもなるは、グロちゃんの屋台骨である。元警察官の巡査さんも喜寿の難坂を越えたが、これも年齢を気にする風はない。年齢どころか時流にも一向動じない。融通のきかない点はチーム随一で、杓子定規の巡査さんをうまく転がせるのは、その場で絵が描けるグロちゃん位である。

「ちょっと、この間見ましたよ」

「何をや」

「大川で朝早うから別嬪さんに声かけてましたやろ。手もみして何やら頼んでましたで。風紀乱してもらっては困りますよ」

「犬の散歩に来てたねえちゃんのことやろ。冥途の土産にケータイ教えろ言うただけや」

「それで、教（お）せてもろたんですか」

「おや、巡査さんも現役か？」

「アホらしやの鐘が鳴る、ですわ。風紀上聞いただけだす」

「そうかぁ。ちょろいもんやったで」

グロちゃんは美白の女を見ると武者震いが止まらない。美白であれば年齢不問である。グロは、昔流行ったエログロナンセンスの略である。

「足腰がきかんようになったらアウトですから」

巡査さんは大川沿いの遊歩道を早朝散歩する。毛馬橋から櫻宮橋を折り返す往復五キロのコースである。巡査さんは誰にも丁寧語で話す。妻や息子や孫にも同様である。

「警官時代は横柄やったんちゃうか」

グロちゃんがいちびると、「言葉の乱れは世の中の乱れです」と返ってくる。

「交通ルール守らんヤツは、許せまへん」

巡査さんは交番勤務の巡査長で警察官生活を終えている。巡査部長の試験に通らなかったか、お情けで巡査長になったか、いずれにしてもそんなところである。生真面目と出世は別口らしい。

「赤信号で渡ろうとするヤツいますやろ。あれ、めっちゃ腹立ちますねん」

「車も来んのに、あんじょう待っておれんがな」

　大阪人ならグロちゃんでなくてもそうする。

「仏ほっとけ神構うな、言うやろ」

　グロちゃんは得意の諺で翻弄する。

「なんぼほど、急ぐんですか」

「心配せんでも、轢かれる気遣いないわ」

「それ言い切れますか」

　巡査さんは年甲斐もなくすぐムキになる。

「じゃあ聞きますけど、信号機はなんのためにあるんですか」

「そら、交通整理やろ」

「信号機は人や車の安全のためにあるのですよ」

「ぎょうさん車の通る道なら、そやろけどな」

「お宅さん、運転しますやろ」

　巡査さんは誰に対しても「お宅さん」である。時には息子や孫をお宅さんと呼び、目を白黒される。

「信号無視して飛び出して来たら、困りますやろ」

「クラクション鳴らして邪魔じゃボケと蹴散らしたら終いや。ついでに教えといたるけど、黄色信号ならアクセル踏め、や」

グロちゃんは軽く赤子の手を捻る。

「それより市会議員にでもなったらどうや。わし手弁当で応援するで」

「なんでですの」

「立派な見識をお持ちやから、大阪市政に反映して貰わんとな」

「あほらし。今更そんなもんになれますかいな」

「そうかぁ。無理には勧めんけどな」

巡査さんは軽いジョークも通じない。

「ええ大人が右側通行を守らんのですから」

グロちゃんは右側通行という言葉を数十年ぶりに耳にした。

「大川ですよ」

「なんでや。あんなとこ適当に歩いたらえんちゃうか。天下往来の遊歩道やで」

「わてがルール守ってんのに、向こうは無視してやって来ます。さあどうなりますか」

「どうなりますか、言われてもな」

　グロちゃんは「そこまで言うなら、お前が反則キップ切ってやれ」と言いそうになった。

「ごっつんこ、しますやろ」

「だから、よけたらえやないか」

「誰がですか?」

　グロちゃんは混乱の訳がやっと分かった。グロちゃんは「ガチョーン」「ハラホロヒレハレ~」と絶句した。

「私、右側歩きなさいと注意してやるんです」

「相手は吉本のギャグでずっこけるやろ」

「なんでですの?」

「もう一ぺん聞くけど遊歩道は右側通行か? 地下鉄の階段は左側通行やで。ちゃんと矢印があるがな」

「それは特別な場合です」

「桜の通り抜けかて左側通行や」

「そんな話、ついぞ聞いたことおまへんな」

巡査さんは都合が悪くなるとこうである。

一八八三年（明治十六年）に始まった造幣局の桜の通り抜けは、大阪の春の風物詩である。大阪の経済効果を担う八重桜は、一重桜が散り終えてから百花繚乱になる。物価安の大阪に住めば得をすることは多いが、花見も二倍お得である。

「きょうび非常識もんが増えて、ほとほと疲れますわ」

お前の方がよっぽど疲れるで、とグロちゃんは思う。グロちゃんはどう考えても右側通行は死語やと思う。

③

「助けてくださいな」

電話は巡査さんの奥さんからのＨＥＬＰ・ＭＥだった。年金タイガースキャプテンの指輪さんは面倒見がよいので、誰からも頼られる。それは野球でもいかんなく発揮され、捕手はチームの司令塔である。呼び名の由来は指輪で、この年代で結婚指輪をしている者は少ない。指輪さんは認知症の妻を家で介護している。

「主人が当て逃げされまして」

「えっ、交通事故ですか?」

「それが、暴行を受けまして」

微妙な正義感を振りかざす巡査さんは、またトラブルに巻き込まれたらしい。

「また頑固が災いしたんですやろけど」

「巡査さんは、正義漢ですよ」

指輪さんは人のことを悪く言わない。人望があるのはそのためである。

「病院へ行った方が、ええでしょ」

「怪我の具合にもよりますけど、行った方がええでしょうね」

「行かんて、聞かんのですよ」

鶴のようにか細い香代子さんの溜息が、電話の向こうから聞こえてきた。

「説得してくれません?」

香代子さんの依頼はこれである。

「ええですけど、お役にたちますかどうか」

指輪さんは頑固一徹の元警察官の前に、サッチャー張りのパートナーを懐柔する必要があった。鉄の女は巡査さんより数倍手ごわい。

「美津子、出掛けるで」

「イヤや」

「友だちとこや。巡査さんや」

巡査さんは元警察官やと説明しようとして、指輪さんは後頭部が締め付けられる感覚を覚えた。時折この症状が出て、悪い病気の前兆ではないかと危惧している。一人娘は東京へ行ったきりで、老老介護は心配ばかりが先に立つ。指輪さんは痛みに耐えながら懐柔作戦に出た。

「頼むから一緒に行ってよ。帰りにスーパーへ寄ってあげるから」

美津子さんはスーパーの試食が大好きである。

「いっぱいは、あかんけどね」

美津子さんは放っておくと、口いっぱいにほおばってしまう。

「手ぇつなぐよ」

「イヤやー」

「車来るから、危ないやろ」

「イヤー、イヤー」

美津子さんはどうしても手をつなごうとしない。しつこく促すと、「触ったらあかん！」と逆ギレする。

「わては、なんも悪いことしてまへんで」

巡査さんは腕を組んで憮然としている。巡査さんは興奮するとコテコテの大阪弁になる。

「向こうから走って来た兄ちゃんがぶち当たりそうになったんで、右側走りぃやと注意しただけだっせ」

巡査さんは一気に捲し立てた。

「警告を無視したから、ピッピーと呼び止めたんだす」

巡査さんは唇を尖がらせ警笛を吹く真似をした。

「おいこら待たんかいと、つい昔の癖が出たんですな。そしたら、ウザいジジイやとわてを突きましたんや。お宅さんにちとモノ尋ねますが」

「なんでしょう」

「ウザいて、どういう意味なんでっしゃろ？」

指輪さんは意味を解説する訳にはいかない。

「足場が悪かったかして、思わずすってんころりんですがな。テキは慌てて逃げよりましたけどな」

「どんな奴でした」

「おとなそうな普通の子に見えましたけどね」

「頭、打ってないですか」

「さあ、どうですやろ」

巡査さんは湿布薬がぷんぷん臭う両腕を手で摩（さす）った。妻の香代子さんが横から細い首を出した。香代子さんも夫には敬語である。

「念のため病院へ行きましょ。今なら夜の診療に間に合いますから」

巡査さんは交通整理のように手で制した。

「大丈夫です。こうしてピンピンしてんですから。それより犯人です」

「警察に言うてないんですか」

指輪さんはたまらず口をはさんだ。

「私は元警察官ですよ」

「それはそうですけど」

「私がきっちり方を付けるから大丈夫です。あんなチンピラ世間にのさばらしておけまっか」

元警察官の気勢が上がった。

「けど、病院だけは行きましょ」

「おおきに。お宅さんの善意だけは有難く受け取っておきますよってに」

指輪さんは渋面の香代子さんを思い遣り、やむなく切り札を切った。

「開幕まであと十日ですよ」

「それはわかってまんけどな」

「万一後遺症が出て、野球ができんかったらどうします？　阪神の応援に行けんかったら、どうします？　さあそうなったら、えらいことですよ」

「それはさすがに困りまんけどな」

巡査さんは打ち損じてポキッと折れたバットになった。

「ま、ここは応対でいかなしょうありませんな。この際お宅さんにお願いしまひょか。その方が無難ですわな。野球がでけん甲子園へ行けんでは、世も末ですからね。ほな行きまひょか」

「これからですか」

「善は急げ、ですがな」

巡査さんは六甲おろしを口ずさみながらすたこら歩き出した。

香代子さんは巡査さんの四角四面に困り果てている。

「マンションのエレベーター降りるでしょ。主人より先に乗り込もうものなら、もう大変です。降りる人が先でしょ、そんな簡単なルール守れんから日本があかんようになったんですと、懇々と説教するんです」

脛に傷を持つ住民は、巡査さんを見るとコソコソ逃げ出してしまう。口論の末交番の世話になったことも一度や二度でない。

「わてや。わてでんがな」

「お宅、どなたさん？」

リタイアして十八年もたてば、巡査さんを知る交番警官はもういない。

④

「巡査さんのランドセル事件、知ってるか」

年金タイガースの紘一さんが東さんに質問した。東さんは七十四歳だが、五つ年上の昭さんや勇造さんや紘一さんや義雄さんと馬が合う。歳の離れた相手に好かれるのは東さんの温厚な性格によるが、関東弁が敬語代わりになるからである。東さんは江戸っ子でいえば花の三代目である。

「知りませんけど」

「そうか、知らんか。有名な話やで」

東さんは巡査さんがちょっと苦手である。詰問調子で話しかけられると、職務質問を受けている気分になる。

「孫が小学校へ入学するんで、ランドセル贈ることになったんや」

「ちょっと待ってください。巡査さんのお孫さんなら大分以前の話でしょ」

高校生の孫と会ったことのある東さんは、話を整理したつもりである。

「お前、それ言うたら身も蓋もないやろ」

東さんは紘一さんに叱られてしまった。

「どうもすみません」

紘一さんはもう笑っている。

「巡査さんが孫を連れて大型量販店へ行ったとせんか」

「量販店ですか？」

東さんはまた不審顔をした。

「祝い品は、デパートじゃないんですか？」

「お前もまたけったいなこと言うな」

「だって、大事な贈り物でしょ」

「これやから東京もんは見栄張りや言うんや。見栄張るより頬張れ言うやろ。量販店はパチモンちゃうんやで。包装もあんじょうして百貨店より二割方安いとくれば、利用せん手えはないやろ。浮いた金で回転ずしでもはずんだら一石二鳥や」

（パチモン→粗悪品）

紘一さんは口から泡を飛ばし、両人差し指をぎったんばっこんした。一石二鳥はシブチンの金科玉条である。

「アタリキしゃりきケツの穴ブリキや」

同志の勇造さんも、間髪入れず同意した。

「ランドセルがどうして事件なのですか」

「巡査さんは、ランドセルいうたら赤か黒しか見たことなかったんや」

東さんは悪い予感がした。

「巡査さんの孫は女の子やけど、選んだのは水色のランドセルや」

「そうですか。水色はちょっと意外でしたね」

「お前も巡査さんと一緒か。水色でもヒョウ柄でもその子の個性やがな」

「それはそうですけど」

「巡査さんは黙ってへんわな。女の子は赤や、赤に決まっとると叱りつけたんや」

「それはちょっとどうですかね」

「せやろ」

「揉めたでしょうね」

「そら揉めたがな。鞄売り場でヤレ赤やソレ水色やと、真田丸張りの冬の陣や」

「大変だったのですね」

「息子はもう金輪際買うていらんと啖呵切るし、嫁ははなからシカトや。あこの嫁は気ぃ強いからな」

紘一さんは思い切り講談師の口調になった。

「どや、この先聞きたいか」

「ここまで聞いたら、気になりますよ」

「お前も案外ミーハーやな。東京もんかて根ぇは一緒やいう訳や」

紘一さんは巧みに話の駆け引きをした。

「奥さんが気ぃきかして、こそっと水色のランドセル贈ったんやけどな」

「ヤレヤレ一件落着ですね」

「一件落着なことあるかい。入学式の算段せなあかんやろ。巡査さんにランドセル見せる訳いかんからな。結局困り果てた末、入学式も呼ばんし、写真も見せん、巡査さんだけ完全シャットアウトにしたんや」

「お孫さんの晴れ姿、見たかったでしょうね」

「そら、見たいに決まっとる」

「謝ったらいいじゃないですか」

「お前無茶言うたらあかんわ。あの巡査さんが人に手ぇついて謝るか？」


「もう一つ巡査さんの話やが、聞くか、聞かんか？」

「聞きますけどね」

「自転車に乗って、曲芸みたいにケータイいじっとるヤツおるやろ」

「巡査さんに見つかったら叱られそうですね」

「それやがな」

巡査さんは迷惑行為を看過できない。巡査さんの正義感はノンストップである。

「お止めなさい」

巡査さんは交通整理のように両手で通せんぼをする。相手は大阪名物ヒョウ柄マダムである。

「こんなん誰かてしてますがな。ぶつかってから文句言うてもらいたいもんやわ」

マダムは顔から粉を吹きながら応戦する。江戸時代西沢一鳳の「皇都午睡」に、「大坂ほど化粧する所は他国には珍しく」とあるから、厚化粧は継承文化である。

「ぶつかてからでは後の祭りやから、言うてるんだす」

マダムは巡査さんを無視し、携帯で聞こえよがしにしゃべっている。

「なんやうざいジジイが、訳の分からんけったいないちゃもんつけてきてんのよ」

「ジジイやて！」

巡査さんは興奮すると一言多くなる。

「お見かけしたとこ心臓に毛えが生えるほど長う生きてて、一般常識もわきまえんのかい」

大阪マダムは頬を張られたら倍にして張り返す。

「ジジイ、そこどかな轢いてまうで」

マダムは巡査さんを轢き殺す勢いで、ベルを連打しながら自転車を急発進させる。

「けど、わしもあの姿見るとぞっとするんや。お前はなんともないか」

「危険だとは思いますけどね」

「百歩譲って歩きスマホは許すとしても、自転車に乗ってまではなあ」

「歩きスマホかて、迷惑な話や」

チョンガーは携帯なんか要らんと、梃子でも買わない義雄さんが息巻いた。

「人にぶつかっておきながら、ユーレン（幽霊）みたいに知らん顔や。大体がときとんぼなしに人に連絡取ってどうすんや。借金取りじゃあるまいし」

「ときとんぼ？」（ときとんぼ↓ひっきりなし）

東さんは義雄さんに凄まれ、慌てて口をすぼめた。

「道路は公共の場や。公衆道徳わきまえてもらわなどんならんな」

「公衆道徳、ですか？」

「おや、東京もんは公衆道徳知らんか？」

東さんは大阪人が宇宙人より遠のく。

「巡査さんは世直し奉行や！」

「もろ賛成や」

東さん以外が両手を上げ、勢い余って万歳三唱した。

　何かにつけテキトーなグロちゃんだが、度量衡は笠に着るか着ないかである。権威や肩書きを笠に着て偉そうにするヤツは、先の大戦以降金輪際信用しない。そんなものを屁とも思わない人物に、グロちゃんは敬意を払うのである。ただし、美肌を笠に着る女なら話は別である。鼻っ柱の強い女は情を交わせばむしろ可愛い。

⑤

　年金タイガースの中にコイツはタダ者やないと畏怖する人物がいる。メンバーからハンモックさんと呼ばれる変わり種である。ハンモックさんは旧家のボンボンで広い屋敷に独居している。ハンモックさんは妻帯していない。勤めに出たこともない。七十歳の今日まで、庭のハンモックで揺れている。

「あっ！」

「あっ」はシャケ弁当を温めろの意味で、ハンモックさんがコンビニ店員と交わす唯一の交信である。ハンモックさんはシャケ弁一筋で、一緒に買うのはこれも好物のつぶあんパンである。ハンモックさんは三度三度同じメニューでも風邪一つ引かないし、虫歯なんか一本もない。

「お前、歯あ磨いたことないやろ？」

「あっ！」

「よっぽど歯ぁがええんやな」

ハンモックさんは脆弱そうですこぶるタフ、神経質そうで底無しの破天荒、不潔でいるのに水のように澄んだ瞳、わしやわしやと主張しないのに渡る風のような存在感、たとえるなら、血統書付きの狼に養育されたアヴェロンの野生児である。

「なんぼなんでも、あれはないわ」

ハンモックさんは仲間と行く銭湯で、湯船の湯をすくってガラガラうがいをする。

「汚いがな」

「ん？」

ハンモックさんは普通なら奇行と糾弾される事象を平然とやってのける。ハンモックさんがマメに取り換えるのは庭のハンモックで、夏は伸縮性と通風性に富むメキシコ製、冬場は布のブラジル製である。

「先輩、えらいこっちゃ」

指輪さんの所へ駆け込んで来たのはダジャレさんだった。二人は商業高校の一年先輩後輩である。ダジャレさんは駄洒落が脳の大半を占める能天気で、いろはのいの字のIじまんの元社員である。Iじまんのルーツは黒門市場の佃煮屋で、都島移転は戦時体制下の昭和十八年である。Iじまんが来たおかげで、近隣の住民は臭いだけで飯三杯はかっ込める。

ダジャレさんほど出処進退の明快な者はない。会社は生家の目と鼻の先だし、妻も幼馴染を調達した。結婚後も親と同居し、親は死んだが墓も町内にある。

「新婚旅行も親同伴やったんやて。嫁は嫌がってたやろ」

「あんじょう甘えてたで」

「初夜はどこや」

「金の湯銀の湯の有馬温泉や。親も行きたい言うたんでな」

「もちろん、部屋は別やろな」

「一緒に行って別の部屋はないやろ」

禅に閑古錐という言葉がある。使い込まれて丸くなった錐は鋭さこそないが、円熟したのどかな味わいがある。それはダジャレさんの形容である。

「よう、不幸のドツボ星人やあ」

ダジャレさんは額に思い切り皺を寄せている。

「一体どしたんや」

「どうもこうもあるかい。孫も真っ暗やてヒーヒー泣くんや」

「えらいこっちゃな。一家心中か」

「よう見たら、家のブレーカー落ちとったんや」

「なんじゃ、そら」

大欲をかかずに今を愉しむ、それはダジャレさんの座右の銘である。昭和一桁は概して無口だが、ダジャレさんは誰彼かまわず話しかける。時にはシカトされることもあるが、一向お構いなしである。

「家内がびっくりするやろ」

「大声イヤやー」

案の定、美津子さんが不安そうに反応した。

「怒ってへんで、心配しな」

指輪さんは美津子さんを宥めてから話に戻った。

「一体どうしたいうんや」

ダジャレさんは話を面白く転がすためつい過剰表現をしてしまう。

「ハンモックさんが腹痛い言うてな」

「電話、あったんか」

「ヤツは電話にデンワ」

ハンモックさんはケータイを持っていないし、家の電話にかけて出たためしがない。

「弟さん、おるんやろ」

弟は広い屋敷の顔の見えない離れである。

「それが、まんの悪いことにおらんかったんや」

弟は月の半分を留守にしている。現在は東北復興支援だが、全国の被災地をテキヤのように渡り歩いている。残りの半分は兄に代わって所有する月極駐車場の管理である。

「そんなら、手っ取り早う救急車呼べや」

「それが、死んでも呼ぶな言うんよ。自然死が一番や言うてな」

ダジャレさんは目を瞑ってナンマイダをした。

「アイツ、そんなややこし話するか?」

「なんや、あーあー言うてたで」

「お前、ほっぽらかしてきたんか」

「だから、キャプテンに相談に来たんやないか」

「そら、困ったな」

「ソーダン、な」

「美津子、出かけるで」

指輪さんは甲斐甲斐しく美津子さんにコートを着せた。

「これ、イヤ」

「そうか？　ええと思うけどな」

美津子さんはコートの色が気に入らない。

「そんなら、別のにするか」

指輪さんは気長に美津子さんと付き合っている。

「行くよ」

「どこ？」

「ハンモックさんとこや。ええからついておいで」

指輪さんは美津子さんの手を引いて歩き出した。

「手ぇつなぐの、イヤ」

「そんなこと言わんと、お願いやから」

「知らん人とつなぎとうない」

美津子さんは癇癪を起こして道端に座り込んでしまった。

「知らん人やないがな。ソレ、あんたのダーリンやがな」

ダジャレさんはたまらず横から口を挟んだ。

「火に油を注ぐようなもんやから、やめてくれ」

指輪さんはダジャレさんに耳打ちした。

「手えつながんと行こ。それならええやろ」

美津子さんはやっと重い御輿を上げた。

ダジャレさんはトニー谷のように両手でそろばんをはじいた。

「おコンバンハ」

「友だちや」

指輪さんはいかれポンチを紹介した。

「サイザンス」

「さっきの誰?」

「ハンモックさんのことか。ハンモックさんも友だちや」

「この人誰?」

「ダジャレさんや」

「サイザンスよ」

指輪さんは修験者のように美津子さんの堂々巡りに付き合っている。そうこうするうち、二区画離れたハンモックさんの屋敷に着いた。

⑥

「いてるかあー」

年代物の呼び鈴はあってないようなものなので、ダジャレさんは門戸を開けて勝手に入って行った。ハンモック邸は周囲と一線を画する大屋敷である。隣家との境界に土壁を配し、玄関へのアプローチは御影石が敷き詰められている。見栄えがするのはその限りで、手入れをしない枇杷やザクロや柿の木が、原生林のように屋敷を覆っている。

―自然が、一番や

ハンモックさんは木から木へ飛び移り、果実を捥いでは種を吐き出す。猿も木から落ちたのは十年前の大骨折である。ダジャレさんはコイツは到底無理やと承知で尋ねたことがある。

「お前なんで嫁貰わんかったんや。別に女がアカンいう訳やないんやろ」

女とうまくやっていくには忖度が必須で、世辞はその最たるものである。阿と吽では箸にも棒にもかからない。

「女は言うたら、化けもんや」

「あっ！」

「けど、男は化かされてなんぼやで」

「ん？」

ハンモックさんと弟が遊んで暮らせるのは、以前は家賃収入だったが、二十年前アパートを壊して駐車場にした。弟はアパートの解体から駐車場の造営までをたった一人で全部した。

「おらんか？　どっかに倒れてへんか」

指輪さんはちょっと胸騒ぎがした。ハンモック家は代々読書家だったらしく、長い廊下には時代物の書籍や雑誌が山積みされている。その括り方や並べ方には定規を当てたような規律があり、几帳面と綿埃がジャストシンメトリーである。ダジャレさんは忍者のように腰を低く進んで行くが、指輪さんと美津子さんは蜘蛛の巣に足を取られて後ずさるばかりである。

「手慣れたもんやな」

「よう来るからな。けど、オレだけやないで。グロちゃんなんか自分の部屋を確保してるからな」

「まさか女連れやないやろな」

「なんぼなんでもそれないわ。義雄さんはしょっちゅうやし、マルクスさんかてふらっと来るで」

「ダンディさんが揃えば、強面ぞろいやな」

「ヤツは潔癖症やから、来（こ）うへんわ」

「グロちゃんかて、結構綺麗好きやで」

「グロちゃんはハンモックさんを尊師と仰いでいるからな」

「尊師？」

ハンモックさんの緘黙は、子どもらと手毬をついて無言で生きた良寛の「元來祇這是（ただこれこれ）のみ」に通ずるものがあると、グロちゃんは力説する。

「鍵掛けんかったら、泥棒に狙われへんか」

「泥棒の方が嫌がるやろ」

指輪さんはあいた口がふさがらない。

「こら、酷い」

指輪さんは鳥の巣をひっくり返したようなハンモックさんの部屋に愕然となった。

「おい、窓開いてへんか？」

綿埃が風花のように舞うと、まるでヒチコック映画の恐怖シーンである。

「屋敷は広いんやろ？」

「ヤツはほぼほぼ庭のハンモックやから」

整理整頓がモットーの指輪さんは到底容認できない。

「ハンモックさんは拘りのないええヤツや」

「拘りがなさすぎるで」

「まあ、人生いろいろや」

ダジャレさんはハンモックさんの肩を持った。

「やっぱり、病院やろか」

ダジャレさんが口走った時、便所の引き戸から猪のような物体が飛び出して来た。

美津子さんが驚いた拍子に、支えていた指輪さんがお供え餅のように重なった。

「びっくりしたあ！　心臓ドキドキしてるぅ」

美津子さんは本当に体を震わせ始めた。

「大丈夫や、ハンモックさんや」

　指輪さんは美津子さんを起こしてから自分も起きた。美津子さんは坊主頭に顎髭が伸び放題の大男が怖ろしくて仕方ない。

「お前、大丈夫やったんか？」

「あっ！」

　チンパンジーが密林で仲間に出会うと、自分より強い奴には「あっ」、弱い奴には「おっ」と発するが、ハンモックさんもそっくり生き写しである。

「なんか悪いもん食うたんちがうか」

　ハンモックさんは賞味期限どころか消費期限を気にしない。買い過ぎたレモンを袋のまま寄越した玉ちゃんも玉ちゃんである。

「まさかいっぺんに食うたんやないやろな」

「あ？」

「何個も食うたら、胃壁がやられてしまうやろ」

　ハンモックさんはまたトイレへ駆け込んだ。中からオエーオエーと獣のような喘ぎ声がする。

「レモンだけに酸っぱい（失敗）やったな。胃酸置いといたるから後で飲めよ」

ダジャレさんは便所のドア越しに優しく声をかけた。

ハンモック邸がゴミ屋敷と呼ばれるようになって久しい。それは分別収集が始まってからである。ハンモックさんはそれまでマメにゴミ出しをしていたが、世間の規制からいの一番に逸脱した。

「やっぱり、あのショックやろか」

文武両道の御曹司は中学、高校と野球で鳴らし、現役で大阪大学に合格した。メガバンクへの就職も決まり、ここまでは一望千里のとんとん拍子である。両親は祝い膳の魚を仕入れに和歌山の海鮮市場へ出かけて行った。ハンモックさんは魚が大好物である。

「入社式、頑張ってね」

母親は大きく育った息子の背広姿に目に潤ませ、助手席から何度も手を振った。運命の歯車が狂ったのはその夕刻である。車は祝い鯛を積んだままガードレールを突き破り、和歌山の海へダイブして行った。父親の狭心症の発作らしいが、ハンモックさんは新調のスーツに一日袖を通しただけで、その夜のうちに頭を丸めて遁世した。

普通ゴミは月曜日と木曜日、資源ごみは金曜日、包装容器プラスチック類は火曜日、古紙・衣類は隔週の日曜日、その簡単なルールをハンモックさんは把握できない。あれ以来新聞を読まないし、家にはテレビも暦もない。

—そろそろ出さなあかん
弁当の容器はたまる一方で、ハンモックさんはゴミ袋をきつく縛って密封する。ハンモックさんは本来几帳面である。

「お宅っ、今日は回収日やないですよ」

集積場の前の奥さんが鉄砲撃ちのように飛び出して来る。

「カラスが寄って来ますやろ。何べん言うたらわかりますんや」

ハンモックさんはゴミ袋をすごすご持ち帰るよりない。

「ぼけてんちゃうか」

ハンモックさんが近所と揉めないのは、何を言われても「あっ」「あー」と神妙に謝罪するからである。

「折角ええ学校出たのに、先代生きとったら泣くで」

そう忠言した年寄りも順次あの世行きで、当節の住民はゴミ屋敷以外の呼び名を知らない。

⑦

大阪は昔から水都の異名をとり、その主流は大阪平野を北東から南西に過って大阪湾に注ぐ全長七十五キロの淀川である。たびたびの氾濫のため海外から技師を招いて大改修を施したのは明治後期で、毛馬第一閘門を挟んで本流を西に延ばし、南へ下る大川（旧淀川）と分枝した。

大川といえば何といっても天神祭である。天神祭は大阪天満宮が鎮座した二年後の九五一年に始まったとされる伝統の神事で、七月二十四・二十五日の壮大な夏の祭典は百万人を超す浪速っ子で賑わう。メインイベントの船渡御は、祭神を奉る奉安船を中心に、祭神に従う供奉船、祭神を迎える奉拝船が連なり、船が行きかうたびに「打ちま〜しょ」「もひとつせ〜」「祝うて三度」の大阪締めが交わされる。奉納船の通過に合わせ、数千発の奉納花火も打ち上げられる。祭りが雨に祟られる心配はない。直前には、判で押したように梅雨が明ける。

大川が脚光を浴びるもう一つの機会は桜時である。大阪きっての桜の名所は、両岸の遊歩道に四千七百本が植栽されている。桜はソメイヨシノを中心にカンヒザクラ、カンザクラ、シダレザクラ、ヒガンザクラ、オオシマザクラ、ヤマザクラ、サトザクラと種類も多い。ついでに言うと、秋の夕陽に映える紅葉も、えもいわれぬ美しさである。

当節の花見は老いも若きもバーベキューである。バーベキューは手近なアウトドアとしてブームだが、ごみを放置するマナー違反や、シートを敷き詰め桜の根元を痛める懸念から、管轄する公園事務所は禁止のお触れを出した。大阪人は立看板を見ても、「これないわ。意味わからん」とどこ吹く風である。

この地はホームレスのパラダイスだったが、遊歩道の整備に伴い小屋掛け禁止を余儀なくされた。全家財を紙袋に詰めた住民は、巣穴を追われた蟻のように右往左往している。環境整備は里山を失っていく経緯とどこか重なる。

天神祭で船渡御の折り返し点となる飛翔橋は、都島区と北区を繋ぐアーチ状の橋で、飛び立つイメージのデザインが名前の由来である。秋冬には白いユリカモメの止まり木となるが、大川の主である嘴太カラスが止まっているのを見たことがない。カラスは横柄なイメージと違い神経質だから、ハレーションを起こしそうな白い橋梁に羽根を休める気にはなれないのかもしれない。

北区側のたもとでは、月曜と木曜の決まって朝九時、念仏のようなだみ声が漏れてくる。そこはグラウンドと呼ぶにはちょっと狭いが、打力も走力も萎えた老人たちの恰好のホームグラウンドである。

一つ　全力疾走・滑り込み・体当たりは、アウト
二つ　体調不調は、すぐ訴える
三つ　揉めた時は、年長者に従う

平均年齢七十六歳の練習は、スローガンの復唱から始まる。

「声がちっちゃいで。もう一ぺんや！」

メンバーは日ごとに老いを増している。前日まで普通にやれていた動作が急に危なっかしいものになり、怪我をすれば治りが遅いどころか、老いの急坂を転げ落ちることになる。

「ハッスル、ハッスル」

日頃は冷静沈着な監督も開幕前はテンションがあがる。

「使い痛みせんよう、ゆっくりやで」

牛歩戦術のようなランニングの後は、肩慣らしのキャッチボールである。

「肘を肩の高さに上げて、相手の胸めがけて投げるんや」

肘のあがり具合を老々介護のように注意し合う。それは野球というよりリハビリである。

「ゆんべから、手えがしびれてんや」

ダジャレさんはお決まりのリタイアを申し出る。

「そうか、無理せんとけよ」

最高齢の監督は誰にも寛容だが、二歳年長の紘一さんは容赦がない。

「年寄りはもれなく膝関節症と頸椎症や」

「けど、ずっきんずっきんするんや」

「生娘みたいな事言いな。どれ、そうと上げてみ」

ダジャレさんは釣られて方位計のように腕を上げた。

「そんだけ動いたら問題ないわ。わしかて義雄かて唖飲み込んでもくしゃみしても痛い時あるけど、じいと我慢してるで」

「義雄さんは飲み過ぎの痛風やろ。いうなら天罰や」

ダジャレさんは一矢報いた。

「年取ったら体が思うようにならんいう話や。自分を甘やかしとったら、しまいに動けんようになるで。それでもえんか」

「そら困るけどな」

「そんなら、つべこべ言わんと練習に戻れ」

「仰せの通りやな」

ダジャレさんは渋々ライトのポジションについた。

「両足とグラブが三角形の構えや」

監督はこれまで何百回もしてきた注意を繰り返す。

「できるだけ前で捕って、確実に投げられるところまで走るんや」

守備の基本は一塁への送球である。ファーストの巡査さんは今にも警笛を吹きそうな顔でグローブを構えるが、まともに返球されたためしがない。

「ここや。ここでんがな」

巡査さんは返球が逸れると、場外乱闘のパニックになる。

「悪（わ）り、悪り」

守備陣は丁重に詫びるが、「お前がちゃっちゃと球を追え！」と思っている。巡査さんは一塁ベースを死守して離れない。

「済まんけど代わってくれんか。ちょっときついわ」

　八十越えの監督からノックの指名を受けたグロちゃんは、「ああ、ええで」と言ったものの、どうにも打つ方向が定まらない。レフトを指して打球がライトへ飛んだりする。

「そんなしっちゃかめっちゃかで練習になるか。監督みたいにもっとビシバシ打て。快音いうもんがあるやろ」

　ライトのダジャレさんからヤジが飛ぶ。焼け跡の野球少年たちは、天空に鳴り響く快音に見果てぬ夢を託したのである。

「おや、お前いつ通天閣出て来たんや」

「一体なんの話や」

「お前、ビリケンさんやろ」

「はあ？」

　ダジャレさんは守備位置から苔が生えたように動かないので、この呼び名である。通天閣の展望台に鎮座するビリケンさんは元々がアメリカ産で、打球がライトに飛ぶと、仲間は両手を広げて「オウ・マイ・ゴッド」と匙を投げる。

「ちょっとは機敏に動け」

「その代わり口は機敏じゃ」

ゴルフでミスショットを笑えば場が白け人間失格の憂き目にあうが、草野球はここぞとばかりヤジを飛ばす。ヤジは相手の人格を否定するものでない。相手がミスをすればからかいたくなるのは人情で、それをうまくやり過ごすことで肝胆相照らす大きい器になれる。野球は人生修養の場である。

「ドンマイ、ドンマーイ」

高校球児だったハンモックさんと東さんは、黙々とダジャレさんをカバーする。わしやわしやと前に出ないが、守備の要は間違いなくこの二人である。

「あかん。ゲエ出そうや」

グロちゃんは持ち前の根性を質屋に入れてきたのか、あへあへ顔で訴える。

「なに眠たいこと言うとんねん。そろそろ年貢の納め時違うか」

天敵の玉ちゃんからヤジが飛ぶ。

「自慢やないけど、あの方の元気ならなんぼでもあるで」

グロちゃんは玉ちゃんの嫌いなY談で応酬する。

「スケベな話するな。俺の方がゲエ出そうや」

「次はトスバッティングや」

二人ずつ間隔を取ってフェンスの前に立ち、一方がトスを投げ一方がフェンスめがけて打つ。年金タイガースは守備よりバッティングである。

「飛距離を伸ばすにはどしたらええ？」

全体の様子を見ながらトスを送る監督に、技より理屈の紘一さんが尋ねる。

「空気抵抗や重力に負けんよう、バットを早く振ることや」

「そら無理な算段や」

「それなら、逆回転を利用することや」

「なんや、それ」

「球の底にバットを当てるんや。目線の高さがぶれないことも大事やで」

実践形式のフリーバッティングは、守備陣が守備につきグロちゃんの投球で一人二十本ずつ打つ。最後の一本は一塁へのダッシュである。

「おう、ナイス守備や！」

監督からサードの守備を誉められると、玉ちゃんは有頂天になる。玉ちゃんは天地が引っくり返っても長嶋命である。

「二塁カバーは、もっと早よ入れ」

小児まひの後遺症で右足が不自由なマルクスさんは、注意を受けるとハリネズミのように硬直する。監督は言うだけ言ってそこは大人である。

「試合や、試合や」

紅白戦は人数が足りないので外野は二人で守り、キャッチャーは攻撃方が賄う。ライトへの打球はほとんどないから、これで過不足はない。監督は八十越えとは思えない華麗な攻守を見せる。

「さすが監督や。もっと試合に出てくれよ」

「それに引き換え、グロちゃんはザンナイで」（ザンナイ→みっともない）

試合の後はグラウンドを隅から隅までトンボで浚（さら）う。それが済むと東屋へ集結し、昼間の飲み量である一缶限りのビールの栓を抜く。練習よりも長いダベリングの始まりである。

⑧

「テレビで有名人が死んだニュースやると、つい死亡年齢見てしまうな」

「明日は我が身や思うからな」

老いて嫌なことは、寝ても覚めても背後霊のように付き纏う死の影である。「お迎えは近いで」の肩叩き呪縛さえなければ、老人生活も案外楽しい。

「年寄りは先のことを考えたらあかん。一日暮らしや」

「難し話か？」

「昨日はなんぼ願うても帰って来んし、明日の相場かて担保ないやろ。それやったらいらんこと考えんと、今日一日の楽しみだけを心がけよいう話や」

仏教書に親しむ昭さんは、白隠禅師の師である正受老人の「一日暮らし」を引用する。

「確かに先のことはなるようにしかならんからな。一寸先は闇や」

聞けば誰も一つや二つ病気を抱えている。「一病息災や」と誰かが言えば、「一病で足るかいな」「片手でも足らんわ」と声があがる。保険証は定期券代わりである。

「百歳までボケない方法という本によるとや」

紘一さんが耳寄りホットな情報を提供した。

「きょうび百歳時代言うからな」

「ありゃマスコミの誇大広告やろ」

「けど、あんなん聞くと嬉しいで」

「それ、せんに新聞の広告に載ってたやつや。買うたんか？」

シブチンは「とすけもない」と顔を顰めた。（とすけもない→とんでもない）

「お前ら、年寄りがタダで行けるベスト三、知ってるか?」

「話の筋で行くと、図書館か?」

「図書館は本だけやのうて、新聞かて全紙読めるし、CD(シーデー)かて聞き放題や。一石二鳥どころか一石三鳥やで」

図書館は暑さ寒さが凌げる老人天国である。平日はもちろん休日も老人の利用率は高い。

「家におったら、余分な電気使うだけやからな」

エアコンを我慢して熱中症で死んだ老人のニュースを耳にすると、紘一さんは笑うに笑えない。自分にもその可能性は千パーある。

「図書館におると、つい眠とうなるけどな」

「気ぃ済むまで寝とったらええがな」

「眠らんといてくださいて、図書館員が起こしに来るんや」

「んなあほな」

「昼寝の場所になっても困るんやろけどな」

「そうです、そうです」

それまでうつらうつらしていた巡査さんが頓珍漢な返答をする。巡査さんは一つも人の話を聞いていない。

「あとの二つは、どこや」

「公園と、後は裁判所や」

男はあーやこーやの日常の煩わしさを好まないから、公園は誰の文句も聞かず静かに過ごせる最適の場所である。

「公園はわかるけど、裁判所は敷居高いやろ。それにあこは傍聴券いるん違うか」

「傍聴券が発行されるんは傍聴者が多い事件だけで、普段はガラすきやそうや。傍聴マニアかておるらしいで」

「そら物好きな」

「公判ドラマ見てるみたいでおもろいん違うか。知らんけど」

「寿命をコントロールする遺伝子があって、それを操作すると百五十歳まで生きれるそうや」

紘一さんの話はやっと本線に戻った。

「それ、家内を質に入れてでも買うで」

ダジャレさんは勢い込んで尋ねた。

「お前の古女房なら、なんぼにもならんわ」

「なに言うんや。老婆は一日にして成らず、や」

「これは、薬とは違うんや」

紘一さんはポケットから手帳を取り出しおもむろに捲った。

「体の中に老化を遅らせるサーチュイン遺伝子いうのがあるんやそうや」

貝原益軒の養生訓を信奉するダンディさんが一丁噛んだ。ただし、その話題はグロちゃんの前では禁句である。「ほうか。お前んとこは接して漏らさずか」といちびられるからである。

「それ、誰にでもあるんか？」

「あるにはあるんやが、普段は働かんのや」

「あかんがな」

「けど、一つだけ方法があるんや」

義雄さんは「うれしがらせて泣かせて消えた〜」と、三橋美智也を歌い出した。

「それを言え」

「食べんかったらえんや」

皆は共釣りにかかったように口を開けた。

「あん？」

「だから、喰わんかったらえんや」

「残り少ない人生に、食を断ってってか」

「そんな大げさなもんやないけどな」

「あかんあかん。それやったら戦中とおんなじや」

ダジャレさんは丸焼き前のチキンのように両手をばたつかせた。

「あの時代だけは、もうコケコッコーや」

「飢餓を意識させることでサーチュイン遺伝子が働き、それが長生きに繋がるんや」

「養生訓にも腹六分目と書いてるけどな」

「ああもうこれ以上言いな」

ダジャレさんは寝坊した雄鶏のような声で、「コケケッコー」と嘶いた。

「なんも無理して長生きせんでも、ピンピンコロリで死ぬんが一番や。ま適当にドロンすることやな」

ダジャレさんは忍者のように両手でドロンをした。

「それじゃ、アッシはこの辺で」

「なんぼぼけても、あの戦争だけは忘れんやろな」

戦中派から戦争の話は外せない。焼夷弾を掻い潜って命からがら逃げた恐怖体験は、否応なしに脳裏に焼き付いている。メンバーの中で記憶がないのは、赤ん坊だった玉ちゃん位である。紘一さんは「東京の方はどうやった?」と、東男の東さんに話を向けた。

「一年生になる前の年に終戦でした」

「それなら、教育勅語は知らんな」

「かすかに、覚えていますけどね」

「かすかではあくかい。わしは今でも空で言えるで」

紘一さんは「朕惟ウニ、我ガ皇祖皇宗國ヲ肇ムルコト宏遠ニ徳ヲ樹ツルコト深厚ナリ」とそらんじ始めた。

「この先は、もうさすがに忘れたけどな」

「皇国の道に則って初等普通教育を施し、国民の基礎的錬成を行う」が主旨の国民学

⑨

校令は昭和十六年四月施行で、真珠湾攻撃による日米開戦は同年十二月八日である。

「ヒトツグンジンタルノホンブンハが口癖の先生、覚えとるか」

昭さんと紘一さんと勇造さんと義雄さんは国民学校の同級生である。

「海軍で短期兵役終えた先生やろ。あの先生特に厳しかった」

「運動場走らされて、椅子取りゲームみたいに木ぃに登らされたな」

「登れんかったりずり落ちでもしたら、木刀で思い切り叩かれたわ」

「相撲大会もあったしな」

「わし、今聞いてもさぶイボ出るわ」

紘一さんは本当に身震いした。

「クラス対抗で負けたら、兵隊になれん役立たずと、こっぴどく叱られたわ。コイツはあほほど強かったけどな」

紘一さんは恨めしそうに勇造さんを指す。

「相撲に負けたくらいで役立たずは、解せん話やけどな」

勇造さんは竹馬の友を慰める。

「名誉の戦死なんて、香典代わりにもならんかったで」

義雄さんの脳裏には、戦地に赴く父親の壮行の旗の波が今もある。厳格な父親が必死に涙をこらえていたことも。きっと心残りで死んだに違いないと思うと、義雄さんは不憫でたまらない。

「遺品は、英霊と書かれた紙切れ一枚や」

「遺骨は戻って来ずか」

「母ちゃんが戦後じき死んでしもたんで、わしは中学も行かんと必死のパッチで働いたけど、妹と二人飲まず食わずの生活や。国の偉いさんらは下々のことは知らんやろけどな」

「その妹さんも、はよ死んだな」

幼くして流感で死んだ妹の話になると、義雄さんは今も涙がちょちょ切れる。義雄さんは「ホタルの墓」の実体験者である。

「大空襲はおそろしかったな」

「地獄絵図とは、あのことや」

「まあ、二度と見たないわ」

府下への空襲は五十回に及んだが、百機以上の編隊による大空襲は昭和二十年三月十三、十四日を皮切りに八回あった。

「大川に死骸がぎょうさん並んで、例えは悪いが魚河岸のようやった。今じゃ結構な桜並木やけどな」

同じ風景でも世代によって感じ方が違う。歳を重ねると現在と過去が二重映しに見える。老人の眼が哀しいのはそのせいである。

「お前ら、戦争の話しておもろいか」

マルクスさんの皮肉に、ダンディさんが目をむいて怒った。

「冗談も休み休み言え。戦争がおもろい訳ないやろ。あの頃は遮二無二生きてたいう話やないか」

「それ言うたら、わしなんか殺つぶしやで」

戦争は、差別を一層助長する。右足が不自由なマルクスさんの背中には、非国民の刻印を押された忍苦の跡が刻み込まれている。

「日本で三百十万人、アジアで二千万人も殺されたんは、一体誰の責任や?」

「そら、A級戦犯やろ」

マルクスさんは口を一文字に断言した。

「いいや、戦犯は天皇や」

「天皇は軍閥に利用されてただけで、悪玉は東条英機や」

「大陸に進出したいいう経済界のごり押しもあったいう話やろ」

「そら原因は一つやないやろ。けど、天皇陛下万歳で戦争へ行ったんは事実や。広告塔やったことは間違いないやろ。その挙句が謝罪一つない訳の分からん玉音放送や」

「わしは大人の真似してひたすら頭を下げてたけどな」

「わしは殺されても頭下げへんかったで」

父を早く亡くし母一人子一人だったグロちゃんは、戦争で男手の減った京橋駅で働いていた母親を終戦前夜の襲撃で失った。

終戦前夜の空襲には訳がある。御前会議でポツダム宣言受諾を決め、玉音放送は十四日夜七時の予定であったが、一部の大臣の反対で見送られ、それを理由に米軍は八月十四日夜から十五日未明にかけ全国七都市に夜襲をかけた。大阪城近くにあった東洋一の大阪陸軍造兵廠を標的に、近くの京橋駅へも一トン爆弾が落とされた。

「あんな時代はもう二度と御免やで」

「平和憲法変える言うてるヤツの気ぃ知れんわ」

ダジャレさんは場の空気を読んで話題を変える。

「次の日から、美空ひばりのあの歌や。右のぽっけにゃ夢がある、や」

「ちゃうんちゃうか。あれは大分後やで。それを言うならリンゴの唄や」

終戦の十月封切りの並木路子主演の「そよかぜ」は、主題歌の「リンゴの唄」が空前のヒットを記録した。

「わしが覚えてんのはあの歌や。あの高慢ちきな歌い方がえんや。もう誰の言うことも聞かんいう気概あったわ」

「高校野球は、一年後やったな」

第二十八回高校野球大会は昭和二十一年八月十五日から七日間の日程で開催された。食糧事情が悪い中全国の七百四十五校を勝ち抜いた十九校が出場し、米軍接収中の甲子園に代わり西宮球場が使用された。プロ野球の再開は昭和二十一年四月で、当初は八球団総当たりの十五回戦制だった。

「先生も変わり身早かったで。ここアカン、これ間違いやったと散々教科書を塗り潰させてからに、自分らはヤレ勤評やヤレ安保やと赤旗振り出したんやから」

マルクスさんは一言申さずにいられない。

「国の厳命とはいえ、大事な子どもたちを戦場に送ってしもたんや。懺悔してもし足りんのやろ」

「だから、日の丸も君が代も反対なんか」

「あれは子どもたちを戦場へ送ったシンボルや。簡単にチャラいう話やないわ」

「けど、なんでも反対してたら進むもんも進まんで」

未組合員だったダンディさんは、自由をはき違えた戦後教育の荒廃は日本教職員組合のせいだと言わんばかりである。

⑩

年金タイガース誕生のきっかけは、定石さんと昭さんの地蔵盆当番での懐旧談だった。定石さんのリタイアは六十四歳、昭さんは六十歳で市清掃員を定年退職したところだった。

「ボロ布に紐巻きつけてボール作ったな。打つとばらけるし、あんまり飛ばんかった」

「そんなことない。結構飛んだやないか。青空にボールが飛んでいくと、一緒に吸い込まれていくようやったで」

焼け跡に刺すような日照りが続く中、喪失感と食糧難に苦しみながら来る日も来る日も布のボールを追った。野球は少年たちのたった一つの夢だった。

「なんもせんかったら体なまるから、また野球でもせんか」

定石さんは大学の野球部で鳴らし、券売機や自動改札機を作る会社ではキャプテンや監督を歴任した野球一筋である。

「ええな」

昭さんは早速携帯で同級生の勇造さんに連絡を取った。

「カレはまだ仕事してんか？」

「してるけど、左官も不景気や」

勇造さんは大きな体を窮屈に折って仕事を続けていた。

「ちょうど運動したかったんや。野球は腰痛にもええやろ」

勇三さんは二つ返事でＯＫした。

「ところで、義雄はまだ長距離か？」

「もうポンコツや。痛風で風が吹いただけでのたうち回っとるわ」

「みんなそろそろガタきてるな。紘一はどうや？」

紘一さんは守口にあるＭ電器の社員である。

「ヤツも定年や。こないだ近所をぶらぶらしとったがな」

運動オンチの紘一さんは、「家にくすぶっとるよりましか」とＯＫした。

「人数足りんのやったら、ボンはどうや。言うてもバリバリの高校球児やで」

蟄居のハンモックさんは野球と聞くと「あっ！」と答えた。というより、「あ！」

「あ！」と弾んだ音が返ってきた。昭さんは「お前ホンマにやるんやな」と何度も念を押した。

「そう言えば、もう一人M組がおったで」

指輪さんは妻の介護で早期退職していた。

「カレなら、昵懇やで」

「そういや昔の子分やったな。まだ続いてんか」

今度は定石さんの出番である。こうして都島在住の幼馴染とその知人を頼りに、芋づる式にメンバーを獲得していった。現役が混じっていたので、当初は休日野球だったのである。

「大川の遊歩道にナイター設備のグラウンドがあるんや。土、日は抽選やけどな」

そこは定石さんがよく利用したグラウンドである。

「そんなことより、相手はおるんか」

「そら、ぎょうさんおるよ」

初秋に誕生した野球チームは、冬が来る前に解散した。予約が取れなかったのでも二時間三千円、ナイター二万一千円のグラウンド使用料が惜しかったのでもない。

「レベルが違い過ぎるわ」

少年野球の延長のつもりでいた連中は、初戦からいきなり泡を食った。上から投げ下ろすオーバースローの球は、スピードも切れ味もまるで違う。

「もうちょっと弱いチーム、ないんか」

「あれで弱い方や」

グロちゃんは一度も勝利投手になることなく整骨院通いをする羽目になり、生徒の非行問題で疲労困憊していたダンディさんはいの一番に脱退を申し出た。

「悪いけど、野球なんかやってる場合やないんや」

一人が止めれば「わしもやんピや」となって、オジンたちの野球熱は甲子園のジェット風船のようにあれよあれよという間に落下した。

⑪

教職を定年退職したダンディさんが、新学期が始まる四月になると物思う表情で定石さんの所へやって来た。

「なんか目標ないと、どうも充実せんのや」

定石さんはどの面下げて来たんやと言わなかった。定石さんも野球がしたくてうずうずしていたのである。

「そんなら、昭さんに頼もか」

　世話焼きの昭さんは、再度骨を折ることになった。

「よっしゃ、任せとけ。けど、今度はソフトボールにしてくれんか。それなら昔取った杵柄やからな」

「けど、対戦相手は少ないで」

「実はわしらは、最初からそのつもりやったんや」

「そうか。悪いことしたな。皆にも謝らなあかんわ。わしの勝手でユニフォームまで作らしてしもうて」

　定石さんは大きい体を縮めて恐縮した。

「いや、あれはあれで楽しかったんや。皆もそう言うてるで。ナイターかてでけたしな。けど実力が伴わなかったいうだけや。それにユニフォームはソフトでも使えるやろ」

「まだ置いてあるんか」

「大事にしもうてるがな」

　五年の月日が流れ去り、今度はソフトボールチームとして再始動することになった。自営のグロちゃん以外は、もう毎日サンデーである。

「ええとこあるで」

ダジャレさんが耳寄りな情報を持ってきた。

「飛翔橋のあっちゃべりや。あいだはゲートボールしてるけど、フェンスかてあるで」

シブチンが念を押した。

「なんぼや」

「タダや」

「ええがな」

その場所は今では欠かせない野球小僧のホームグラウンドである。

「そういえば、チーム名がまだやったな」

「せんは、あっという間やったからな」

「もうその話は言いっこなしや。なんかええ名あはないか」

「そら、阪神にちなんだ名あがええけどな」

「都島阪神、とかか」

一つも人の話を聞いていない巡査さんがすっくと立ち上がった。

「そんな大層な名ぁ付けたら、阪神ファンにしばかれまっせ」

巡査さんは大の虎キチである。

「それなら、熱心タイガースはどうだ」

巡査さんは交通整理のように手で制した。

「それはもっとあきまへん」

「なんでや」

「本家の阪神が不熱心みたいに聞こえますやろ」

「じゃ、三振タイガースはどうや？」

「自虐は好みまへんな」

「なら年金タイガースや。これなら充分謙虚やで」

「年金はいうほどもろてまへんけどね」

「よう言うわ。公務員はわしらの何倍ももろてるやろ」

太鼓判とまでは言えまへんけどなと、虎キチがようやく承諾した。

「プロ野球みたいにシーズン制にせんか」

再度監督に座った定石さんが提案した。

「そんなややこしことせんでも、年中やったらええがな」

玉ちゃんはバックホームに備える捕手のように猛抗議した。

「オンとオフを分けた方が体にええからな。それに、シーズン制にしたらプロ野球みたいに一年毎の記録が残せるで」

「そんなら冬場はどうしてくれるんや。わしらは年中暇やで」

閑日月は予定がないとどうにも所在がない。玉ちゃんは職探しのハローワークのように食い下がった。

「冬場は、基礎練習と紅白試合や」

「冬場もやるんやな」

「よっぽど寒（さぶ）ない限りわな」

「なら了解や。けど、試合やるには人数足りんやないか」

「昔は少ない人数でも塩梅付けてやっとったやないか。それに、オープン戦ならやってもええで」

ダジャレさんが粋な提案をした。

「この際、ニックネームで呼び合おや。その方が呼びいいわ」

巡査さんもマルクスさんもハンモックさんも、その時付けられたあだ名である。昭和一桁の昭さん、義雄さん、紘一さん、勇造さんだけは、「わしらは呼び慣れてるから、昔の名前で出てーいーまーすー」と、途中から小林旭になった。

「野球始めて、ほんまよかったわ」

「あんた若うなったって、家内も誉めてくれたんや」

「それ褒め殺しやで。女は亭主元気で留守がえんや」

年金タイガースは戦後復興を支えてきたガンバリズムときっぱり決別し、無心でボールを追った子ども時代にタイムスリップした。

⑫

寒波で開花が遅れた大川の桜が、ようやく三分咲きになった。我先に電車に乗り込むせっかちな大阪人がぶるぶる震えながら花見を始めると、露店もちらほら出始めた。露店が所狭しと並ぶのは、四月に入った造幣局の桜の通り抜けである。

飛翔橋の通行量もいつもより多く、都島側なら大阪城天守閣が望める桜ノ宮神社前の遊歩道、北区側なら造幣局前の大広場が花見の一等席である。

周囲のざわめきをよそに、北区側たもとではシニアリーグがひっそり開幕を迎えていた。余程の暇人が橋の上からちょこっと覗く位で、年間ほぼ無観客である。

「今年もどーなりこーなり迎えられたわ」

八寒地獄を耐え抜いた老人たちは、春の訪れを蘇生のように感じる。ダジャレさんは嬉しさ余って守屋浩を歌い出した。

「♪有難や有難や、有難や有難や……寿命尽きればあの世行き、や」

「ほんま、その通りですわな」

甲子園通いが始まった巡査さんは、鶯のように春の声である。昭さんも鼻唄のご機嫌で、カメラマンのようにデジカメの塩梅を気にしている。昭さんは試合の結果をブログに更新するが、仲間は猫に小判である。

「寒（さぶ）っ、花冷えや」

玉ちゃんは嬉しい時に嬉しいと言えない。へんこの発言は場の空気を凍らせることもあるが、大抵は「それはないやろ」と一笑に付される。

気負けするな　　　オゥ！
やることやって　　オゥ！
勝つだけやから　　オゥ！

肩に腕を回し円陣を組む。闘争心はテストステロンを放出し、気持ちを前へ向かわせる。テストステロンは血気盛んな男性ホルモンである。

対戦相手の天神橋筋レッドは野球チームだが、老い順でソフトボールにシフトし、監督同士は昔から昵懇である。他の対戦相手は仏のピンクボーイズと、ダボシャツ・腹巻のトラック野郎で、野球チームはキラ星の如くあるがソフトボールとなると数は少ない。

「捻ったるわ」

「そりゃ、こっちのセリフや」

天神橋筋レッドのユニフォームは目にもまばゆい真紅である。

「お前ら還暦祝いのちゃんちゃんこか。それとも隠れカープファンか」

「あほ。大阪でカープな訳ないやろ。これは天神祭りの燃える赤や」

天神橋筋商店街は天神祭りの地元である。年金タイガースは言わずと知れた白地に縦縞のユニフォームで、アンダーシャツも黒だが本家よりも縞が太い。

「うるさい、三振タイガース」

「そんなこと言うたら、大阪に住めんど」

平均年齢十歳下の天神橋筋レッドは外見からヤングで、どう贔屓目に見ても格上である。トップバッターが打席に入り、審判のプレーボールでいよいよ開幕試合が始まった。
一、二回は互いに〇行進で、グロちゃんはヒットこそ打たれたが三塁を踏ませなかった。
「やっぱり神様仏様グロちゃんや。やる時ゃやるわ」

天神橋筋レッドは雲を衝く大男を登板させている。

「エースはどしたんや。恐れをなしてよう出て来んのか」

ゴルフで腰を痛めた相手エースは、にやにや笑いながら戦況を見つめている。

「その見慣れんでかいの、名あはなんちゅうんや」

「岩隈はんや」

「あんまり聞かん名あやな」

三塁側から悪徳代官のような声が轟いた。

「お前ら、このお方をどなたと心得おる」

「独活(うど)の大木か」

「あほ。仮にも大リーガーの血筋やで」

「というと、あの元近鉄の岩隈はんか」

「その岩隈はんや。今は世を忍ぶ和菓子屋やけど」

「なんや。騒ぐ烏も団子一つ、騒がぬ烏も団子一つ、かいな」

グロちゃんが諺をほざいているうちはよかった。

「お前顔赤いで」

「なに。初戦でちょっといきってるだけや」

三回裏に岩隈はんからホームランを浴びると、グロちゃんはこの一発で完全に手元が狂った。

「一発位で、おたおたすな」

指輪さんはグロちゃんの元へ再三駆け寄る。

「ドンマーイ、ドンマーイ」

内外野からもしきりに激励が飛ぶ。

「やいのやいの言わんでもわかっとる。わかっちゃいるけどやめられない、や」

大量七点を失ったグロちゃんは、終いには植木等のスーダラ節になった。

「お前ら、まさか飛ぶバット使ってんやないやろな」

「ないない。お前ら相手にそれないわ」

飛ぶバットは軟式野球界に革命をもたらした複合バットで、材質のウレタンがボールの変形を抑え鋭い打球となる。最新モデルが三万五千円と、千円を遣り繰りする年金暮らしではとても手が出ない。

「お前ら根性ばば色やな。一点くらいくれてもええやろ」

天神橋筋レッドは大量リードでも、商売人の手堅さを発揮する。

「ヨシ。なんとしても一点返そ」

九回ワンアウトまで追い込まれると、玉ちゃんはバットを短めに持った。何が何でも当てに行くつもりである。玉ちゃんは気性は瞬間湯沸かし器だが野球はねちっこい。三ボール一ストライクはバッターチャンスである。

「どっからでもかかって来んかい！」

「その威勢だけは、買うたる」

玉ちゃんはタイミングを図るように腰を左右に揺らした。その箇所に、ええ塩梅に岩隈はんの速球が掠った。

「アイタッ」

「おい、わざとやないやろな」

「とすけもない。とすけもない」

玉ちゃんは嬉々として塁に出た。死球でも何でも年金タイガースは待望の初出塁である。

「リー、リー、リー」

ダンディさんはこういう時抜群に頼りになる。玉ちゃんの俊足を絡めたヒットエンドランで、首尾よく一、二塁とした。

「お前の出番、作っといたからな」

「ヨッシャー、任せとけ」

グロちゃんはバットをびゅんびゅん振り回しながら打席に向かった。一発長打狙いである。グロちゃんもチャンスには滅法強い。

「岩隈はん。いっちゃんええ球投げてみぃ」

グロちゃんが挑発すると、岩隈はんは言われた通り素直に速い球を投げた。

「アチャー」

グロちゃんの攪乱戦術は裏目に出て、当たり損ないのセカンドゴロはゲッツーのおまけがついた。

「チョイ、チョイ、チョイ。あかんがな」

「七対〇で天神橋筋レッドの勝利！」

ゲームセットのタイミングを計ったように、大川から船上楽隊の陽気なジャズ演奏が聞こえてきた。帝国ホテルが所有する蒸気船のような観光船である。

「よっ。一穴（いんけつ）、落ち目の三度笠！」（一穴→駄目）

「うるさい。さっさといね」

天神橋筋レッドは船上楽隊が演奏した「聖者の行進」を口笛で吹きながら、颯爽と帰って行った。天神橋筋レッドは自転車も消防車のような朱塗りで、殊勲の岩隈はんは頭一つ抜けている。

「アイツほんまは何者や」

「岩隈の血筋違うか。岩隈も確か都島に住んどったらしいで。知らんけど」

「まあ、負ける時はこんなもんや」

監督は皆を慰めた
「テキは群羊を駆って猛虎を攻む、や」

グロちゃんは口では大阪城も建つような大言壮語を吐き、天六方面を睨んだ。

⑬

グロちゃんはピンクボーイズとの試合に備えてホルモン注射を施してきた。今朝はイチローと同じ栄養ドリンクも飲んで、準備は万端である。

リーグ戦は各チームと十五試合ずつ戦うが、ピンクとは六対四で相性がよい。年金タイガースは万年三位、ピンクは最下位が指定席である。だが、勝負は下駄をはくまでわからない。スポーツは肉体を駆使した健全な賭博である。

ピンクボーイズは下はジャージだったり骨董品のトレパンだったり色も形もバラバラだが、上はショッキングピンクのTシャツに手書きのロゴで、それが妙に似合っている。赤やピンクが映えるようになれば、もうどこに出しても恥ずかしくない立派な老人である。試合は一点を争う好ゲームとなった。年金タイガースは下位打線のダジャレさんから火がついた。

「なんや悪いもんでも食うたんちゃうか」

「能ある鷹は爪を隠すや」

ダジャレさんは「これでいいのだぁー、これでいいのだぁー」と、天才バカボンを歌いながら一塁を蹴って二塁に向かった。

仏のピンクの名の通り、ピンクはピンチになっても一向動じない。欲しけりゃなんぼでも点やるでのスタンスである。続く東さんは絵にかいたような流し打ちで、遅速のダジャレさんでも悠々三塁に届いた。

次のマルクスさんは、ちょっと世話（きもせ）が焼ける。頑迷固陋のつっかい棒は、人に引けを取りたくないのでつい余分な力が入る。監督はすかさず伝令を飛ばした。

「バットを軽う握れ」

マルクスさんが快刀乱麻を断って打球がレフトに転がると、ダジャレさんは小躍りしながらホームベースを踏んだ。

「やったぁー、決勝点や」

渋面のマルクスさんも思わずガッツポーズである。

「おい、決勝点は言い過ぎや」

打順はクリーンアップで、さらなる追加点が期待される。

「わしらに勝つんは、十年早いわ！」

ピンクの老ピッチャーは「なんぼでも点やるでぇ」と、そうでなくても遅い球を一層遅くした。作戦でも何でもない。

「ナメクジでももっと速いわ」

超スロー球に翻弄された玉ちゃんがあえなく三振を喫すると、打ち気に逸るダンディさんもグロちゃんも右に倣った。

「ザンナイで」　（ザンナイ↓みっともない）

試合は一点リードのまま九回裏まで進み、ここをしのげば年金タイガースは待望の今季初勝利である。

「もうもらったようなもんや」

グロちゃんは余裕で二アウトを取ったが、続けて四球を二つ出した。

「おい、大丈夫か」

「言うてもあと一つや」

次のバッターを、二ストライクを取った後のボール判定で、グロちゃんは思わず審判に詰め寄った。

「おい、今のボールはないやろ」

ストライクは肩の上部とズボンの上部の中間点から膝の上部の間で、審判は相手チームだが公平無私である。

「審判に文句は、ご法度やでぇー」

両チームから期せずしてブーイングが飛んだ。グロちゃんにいつもの余裕はなく、もはや玉ちゃん状態である。その玉ちゃんはサードの定位置で腰を落とし、グラブを何度も叩いた。「落ち着け」「落ち着こう」の仕草である。打球はそのサードに転がった。

「よし、もらった！」

玉ちゃんが叫んだ瞬間、打球がイレギュラーして股下を抜けた。レフト東さんのバックホームは強い逆風が災いしてツーバウンドになり、中継ミスも重なってその間ピンクの二人が生還した。

「やったあ、サヨナラやぁ！」

滅多に喜びを露わにしないピンクが、盆と正月が一緒に来たような大騒ぎである。しまいには身振り手振りで河内音頭を踊り出した。

「ふん。逃がした魚は大きいで」

決勝点をフイにしたダジャレさんがプーと剝れた。

「私の送球ミスですから」

東さんは帽子を取って皆に謝った。

「いいや、お前やない。あいつや」

グロちゃんはエラーの玉ちゃんに嚙み付いた。

「何おっ」

玉ちゃんもグローブを投げ捨てた。元禄花見踊りのような桜吹雪が舞うグラウンドで、負ければ賊軍の二人が一触即発になった。

「おい、みっともないことしな。終いに怒るで」

監督は荒くれ二人の首根っこを摑まえ、即刻退場させた。

⑭

「けたくそ悪い。空気の入れ換えや」　（けたくそ悪い→不愉快な）

指輪さんが仲間に声をかけた。酒盛りを断る酒飲みはいない。

「精進落としせな、どんならんがな」

反省会と称して行くのは毛馬の地中をボーリングして湧き出た天然温泉である。一番の魅力は一般銭湯と同じ料金で、生ビールが飲める広い飲食コーナーもある。年金タイガースは祝勝会や納会もここで安く済ませる。

「おい、今日は銭湯券出したらあかんで」

一石二鳥の紘一さんがそろばんをはじいた。野球小僧はしょっちゅう行くので、十枚に一枚オマケ付きの銭湯券を購入している。

「銭湯券やと四百円の計算やけど、今日は二百二十円で済むんや」

一日と十五日は、七十歳以上は半額である。シブチンは実に細かい。

「年齢証明するもん、持ってへんで」

「なんでや。お前なんか顔パスや」

チャリで一度家に帰る者もいれば、ユニフォームのまま直行する者もいる。ダンディさんは即刻家に戻った。シャワーを浴び小ざっぱりして、風呂敷みたいなハンケチを持参する。脱衣場で脱いだ衣類を包むためである。潔癖症のすること故、仲間は見て見ぬ振りである。

「ちょい待て。奥山喰わすんか」　（奥山喰わす→シカト）

グロちゃんが金魚の糞のようにダジャレさんを追って来た。醜態を曝した敗戦投手にすれば、頼むからわしを見捨てんでくれの心境である。

「お前は家へ戻るんやないんか」

ダジャレさんはいつになくつれない。

「アチャー、またや。お前ら先に行っといてくれ」

ダジャレさんがグラウンドに忘れた自転車を取りに戻ると、「アホ、ボケ、カス」と、グロちゃんはこの日ばかりは声に出さずに胸の内である。

「尊師。もう死に死にや」　（死に死に→いっぱいいっぱい）

グロちゃんは窮状を訴えるが、尊師はウンともスンとも言わない。顎が外れるような大あくびの後で、フェンと手鼻を切った。

「汚いがな」

ハンモックさんは到着するなり脱衣所の水道で衣類一式を漱ぎ、きつく何度も絞ってビニール袋に入れる。風呂を出る時身に着ける算段である。従業員にバレないよう目にもとまらぬ早さで済ませると、後はもうこの世に用はないとばかりに湯船に浸かってうたた寝を始める。寝顔が何ともあどけない。溺れそうになって慌てて目を覚ます姿も一興である。仲間は定刻よりも早く集合した。年寄りは一時と言えば十二時半である。

「おい、こないだここでおもろいもんみたで」

ダジャレさんはその時の興奮がまだ冷めやらない。

「お前のことや、どうせ大風に灰撒いたような話やろ」

ダジャレさんは話す前にもう笑っている。

「わしが湯ぅにつかっとったら、ジジイが鼻唄歌いながら入って来たんや」

「お前かてジジイやろ」

「頭の上でスキーでもでけそうなつるっ禿げに一丁前にタオル巻いて、吹けば飛ぶよな将棋の駒にぃて、えらいご機嫌でな」

「村田英雄の王将やな」

「そいつ、どやった思う」

「タオルがつるっとすべったんやろ」

「惜しい。五十点や」

ダジャレさんはまたプッと吹いた。

「聞いて驚くな」

「オチのない話なら、聞かんで」

「オチはないけど、驚くこと間違いなしや」

「どういうことや」

「そいつ、パンツはいたままやったんや」

「おい、なんぼなんでもそれはないやろ」

「わしがあっと声あげたら、テキは慌てて逃げよったけどな」

パンツを脱ぎ忘れたジジイは、この世を儚んでオヨヨと泣き崩れたに違いない。

「そんなチョンボなら、なんぼでもあるで」

渋面のマルクスさんが珍しく弾む会話に参戦した。人間ほど単純明快はない。打線好調は口が緩み、不調は口をすぼめる。

「風呂上がりにバスタオルで頭拭きながら、冷蔵庫から缶ビール取るやろ。バスタオルは？　と探したら、どこにあった思う」

「そら、冷蔵庫の中や」

ダンディさんも二安打でハイテンションである。

「わしなんか、老眼鏡の上から目薬付けてまうことしょっちゅうや」

「わしは自販機に銭入れる時、決まって落とすな」

加齢と共にあらゆる機能は低下するが、手指の巧緻性も右に習えである。自販機の穴にコインを入れられないのも、落ちたコインを拾えないのもそのせいである。腰痛持ちの勇造さんは、屈んで拾うのも一苦労らしい。

話す方は何べんもした話に檄を飛ばし、聞き手も「ほう、そうか」と初耳のように感心する。馬鹿の振りではない。年寄りは何度聞いても右から左へ抜けてしまうのである。

「金がなくても困るが、ありすぎるのも困るな」

経済に一家言ある紘一さんが語り出した。

「大金持つと、ストレスで早死にするらしい」

「なんでや？　浮世の沙汰は金次第や。金あったら北新地でウハウハモテモテや」

義雄さんの素朴な疑問である。

「金持ちは金減らしとないから、お前みたいにあるだけ使えんのや」

「へえー？　なんでや？」

紘一さんは「おーまーえーはーアーホーかー」と、横山ホットブラザーズを真似た。

「下世話な例えやが金持ちは便秘で貧乏人は下痢や。下痢も困るけど便秘も困るで」

「この歳になったら、医療保険はいらんな」

勇造さんは男らしく宣言した。

「なんでや。あれは高額医療保障が付いとるんやで」

「わしは延命治療断固拒否や。ぎょうさんチューブにつながれる位なら、さっさと死んだるがな」

「けど、入ってんやろ」

紘一さんが念を押した。

「あんたは死んだ方が値打ちが出るでって、家内が言いよるんや」

「そら、えげつないな。ぎょうさん生命保険掛けてん違うか？」

「慌てるな。まだ先があるんや」

勇造さんは神も仏もない顔をした。

「家内の口車に乗せられて、遺影写真に入棺体験のフルコースや。棺が寸足らずでもう懲り懲りやけど、あれってLやLLもあるんやろか」

「そら確信犯やで。お前もうお陀仏になってもうてるがな」

自分らしい最期を迎えるための「終活」がシニアの間でブームである。

「けどわしの家内なんか、一緒に死にたい言うてるで」

玉ちゃんは水と油のダンディさんには敵愾心剝き出しである。

「チェ。曽根崎心中じゃあるまいし」

「のろけ違うんや、わしもそう思うてんや」

「あああほくさ。それをのろけ言うんじゃ」

監督は冴えない敗戦投手に気を遣った。

「休肝日作ってるか？」

「自慢やないけど、一年三六五日酒や。家内に小原庄助さんですかて嫌味言われるけどな」

小原庄助さんは実在の人物である。「朝寝朝酒朝湯が大好きで」の「会津磐梯山」は、会津地方の盆踊り歌をハァ節の小唄勝太郎が全国区にしたのである。

「焼酎は腸にええらしいで」

皆はいつの間にか晩酌の話である。彼らは銭湯会議の結果を成果主義の会社に還元する必要はない。思う存分憂さを晴らせばいいのである。酒は三献に限ると言うが、グロちゃんはジョッキを三杯飲みほすと、やっと「らしさ」を取り戻した。

「おい、ぼちぼちいっとこか」

「いこ、いこ」

♪六甲おろしに颯爽と
蒼天翔ける日輪の
青春の覇気美しく
輝く我が名ぞ阪神タイガース
オウオウオウオウ阪神タイガース
フレフレフレフレ

佐藤惣之助作詞、古関裕而作曲の球団歌は、一九三六年大阪タイガースの設立で作られた日本プロ野球最古の球団歌で、通称六甲おろしである。

ダジャレさんは能天気なグロちゃんの背後に回って腕を摑んだ。

「おい、何すんや」

「お前はちーともわかてへんな。騒ぐ前にやることあるやろ。どんだけチームに嫌な思いさせた思うてんや」

お神酒徳利のダジャレさんならではの一言である。

「そやったわ」

グロちゃんがその場に正座をすると、玉ちゃんも黙っていなかった。

「悪り。かんにんしてくれ」

「右に倣えや。かんにんや」

強面の二人が雁首揃えて神妙に土下座である。

「堪忍ならん。死刑や。打ち首や」

「コロッといてまうで」

取り囲んで交代でチョン、チョン首を刎ねると、仲間のストレスはチャラの上にオツリが戻った。

「年金タイガースの歌、もう一ぺん行っとこか」

「いこいこ」

性の合わない同士が付き合ってこそ、互いが自制し合って人生を学ぶ。人の世の付き合いはそういうものである。仲間は今度こそがっちりスクラムを組んだ。

輝く我が名ぞ年金タイガース
オウオウオウオウ年金タイガース
フレフレフレフレ

⑮

トラック野郎のユニフォームはダボシャツ、腹巻に、下はニッカーポッカーかそれどこで買うてきたんやというレトロなトレパンだったりする。もちろん腹巻には星マークが付いている。チーム名の由来は一九七五年から七九年にかけての東映映画で、菅原文太と愛川欽也コンビが繰り広げる活劇と、車体を派手に電飾で飾り付けるデコトラが社会現象を巻き起こした。

「その星印はよう目立つけど、百均で買うて来たんか」
「ネタばらししたら、どんならんな」

奴らは元トラック野郎ではない。年金タイガースよりは若いが、ガタイも貧相で腕力も大したことはない。

「何べんも言うてるけど、そのニッカーポッカーだけはやめとけ」

「わしらのトレードマークや」

「走りにくいから、せんにこけた奴おるやろ」

「そんなん、おったかいな」

「そういやこの頃見かけんけど、どうしてんや」

「さあ。死んだん違うか」

「えっ、死んだんか？」

「嘘や嘘や。夫婦して老人ホームへ雲隠れや」

満身創痍のグロちゃんを心配して、ダジャレさんが声をかけた。

「エース、塩梅どうだ」

仲間の糾弾で懲りたのか、グロちゃんはいつもの覇気がない。ダジャレさんの心配は的中し、グロちゃんの投球は下手な指揮者の四分の三拍子のようになった。自分でも歯がゆいのかしきりに首を傾げている。

「ストライクが、来んな」

ダジャレさんは棒立ちのトラック野郎に気を揉んで、ライトから援護射撃をした。

「やものジョナサン。ぼさっと立っとらんとはよ打て」

「わしらは男一匹星桃次郎じゃ」

トラック野郎は、一、二番をバットを振らせず塁に出し、ヒットを加えて一点をもぎ取った。

「トラック野郎が聞いてあきれるわ」

指輪さんは「上海帰りのリル」のように、再三再四マウンドへ駆け寄る。

「去年までのグロちゃんは、どこへ行ったんや」

グロちゃんは次のバッターをピッチャーゴロにしとめ、「もらった」と思った瞬間膝が前に崩れた。

「アイタッ」

グロちゃんが転倒している間に、トラック野郎はまた一点追加である。

「おい、大丈夫か」

内野手全員がマウンドに集結した。

「ドン鳴らん。雨降りの太鼓や」（雨降りの太鼓↓どうにもならないの意）

「テンゴ言うてる場合か」

試合はトラック野郎二点リードのまま進み、阪神ならジェット風船を飛ばす七回裏の攻撃を前に監督は皆を呼び集めた。

「こうなったら、アレやで」

アレと聞けば皆は背筋を伸ばして直立不動になった。年金タイガースはピンチの時、一世風靡セピア張りの派手なエールで気を引き締める。

精いっぱいやったら　ソヤッ
悔いはないぞ　ソヤッ
一・球・入・魂　ソヤ、ソヤ、ソヤッ

これが功を奏さなかったためしはない。ジンクス通り指輪さんのヒットを皮切りに怒濤の五連続ヒットで、遂に逆転に成功した。

「バッチグーや」

快進撃は止まらない。巡査さんがヒットで出塁し、ハンモックさんも花火のような大飛球を上げた。これでまた、二・三塁の得点圏である。

「リー、リー、リー」

三塁ランナー巡査さんも二塁の尊師も、一向リードを取る気配がない。グロちゃんは見かねて大声を出した。

「巡査さんも尊師も、リーや」

巡査さんは梃でもベースを死守したが、尊師は寝坊した朝のようにあわてて塁を飛び出した。

「アウト」

「あほやがな」

勝負の潮目が変わるのはこんな些細なきっかけである。グロちゃんは今頃になって膝がシクシク痛みだした。以前ならこれ位どうということはないが、今は堪え性がない。

「おい、誰か代わってくれ」

「降板なんて、珍しやないか」

珍しいどころか、グロちゃんの降板はこれまでただの一度もない。

「あかん。心臓口から出そうや」

勝負は背中を見せたが負けである。追う方は嵩にかかり、追われる方は燃え木を背負ったカチカチ山のタヌキになる。

「四対三でトラック野郎の勝ち、双方礼」

年金タイガースは前回の再現フィルムを見るような逆転劇を喫した。負けるのは仕方ないにしても、負け方がよくない。敗戦の後グロちゃんは天を仰いで呟いた。

「二兎を追う者は一兎をも得ず、や」

グロちゃんは遂に覚悟を決めた。一兎は抜き差しならない恋の道である。

「しばらく休むわ」

グロちゃんは監督に申し出た。グロちゃんは意外にさばさばしている。

「こんなもん出さんでも、休んだらええがな」

「ま、取ってくれ。男のけじめや」

監督はグロちゃんの神妙さに、つい休部届を受け取ってしまった。休部届を出した後、グロちゃんはぷっつり顔を見せなくなった。

⑯

エースの突然の戦線離脱に、チームは火が消えたように意気消沈した。

「最近変は変やったけど、こんなもんいつ用意したんやろ」

「なんか裏あるんちゃうか?」

肝胆相照らす中、お神酒徳利のダジャレさんが矢面に立たされた。

「最近あんまりしゃべらんからな」

かわら版も一向要領を得ない。

「嫁と揉めてる例の子グロか？」

「そらないわ。普通やで」

「店難儀してるん違うか？　あこもシャッター下ろす店多（お）いからな」

「店なら結構繁盛してるで」

昭さんは以前のチームの空中分解が頭を過った。

「なんなら、わし行ってこよか」

仲間が心配する中で、ダジャレさんが意外な告発をした。

「家では、近年まれにみるハイテンションや」

仲間はフーンと振り出しに戻ってしまった。

「それやったら迎えはどうか思うで。言うたらなんやけどみんな歳やし、これからも抜ける者は出て来るやろ。いちいちジタバタしてたら、この先持たんからな」

ダンディさんが客観的な意見を述べた。

「負けが込んでプライドが許さんのやろ。ま、しばらく様子見た方がええ思うで」

「それがええんかもしれんな」

　監督は不承不承承知した。


「不戦勝、やる」

「そら、ラッキーや」

　年金タイガースはピンクボーイズとの試合をキャンセルして体制を立て直すことにした。チームはグロちゃんに代わるピッチャーを早急に用立てる必要があった。

「わしに投げさしてくれ」

　控え投手でも一度も登板のなかったダンディさんが、いの一番に名乗りを上げた。

「コントロールはええけど、球威が今一つや」

「そうか？　なんぼでも練習するで」

　監督は見る所はちゃんと見ている。

「なんなら、わし投げてみよか」

　勇造さんは少年時代のスポーツヒーローである。勇造さんは「さあ、一丁やったるでぇ」とマウンドに向かったが、一球目で腰をいわした。

「アチャー、こんなはずないんやが」

人はいつまでも若いつもりでいるが、傘寿前の勇造さんに昔の面影はなかった。

「こうなったら、全員投げるか」

「そら、公正でええな」

「俺なら、ええで」

玉ちゃんはあっさり権利を放棄した。

「そう言わんと投げてみ。お前が一番若いんや」

「俺は長嶋のポジションがえんや」

「あら、おかしやないか。お前ヤクルトファンやろ」

大阪人は挨拶代わりに阪神を引き合いに出すが、玉ちゃんはヤクルトファンを広言して憚らない。

「勝ちましたね」

トラキチの巡査さんが阪神・巨人戦の結果を報告すると、玉ちゃんは木で鼻を括る。

「ふん。なんのことや」

「勝ちましたね言うたら当然阪神ですよ。お宅さんは大阪人の風上にも置けまへんな」

「言わんといてくれ。俺は阪神と巨人だけは御免や」

玉ちゃんが巨人ファンであることは明白で、それが証拠に巨人が勝った翌日は滅多に舌打ちが出ない。

「長嶋が首になったから、アンチ巨人になったんや」

「それまでは巨人ファンいう訳やな」

「あほ。あくまで長嶋限定や」

長嶋の引退は昭和四十九年で、王がホームラン世界記録を樹立したのは長嶋引退の三年後である。ところが投げてみないと分からないもので、東さんが抜群の投手力を示した。聞けば高校で投手の経験があり、東京大会でも活躍したらしい。

「なんでアピールせんかったんや。グロちゃんより大分上やで。お前が年金タイガースの新エースや」

辛口のダンディさんが絶賛した。

「それはないですよ」

東さんはあくまで謙虚である。

「先発東さん、リリーフはダンディさんでいく。ただし、グロちゃんが戻って来るまでの間や」

「なんでや。先発は東さんで決まりやろ」

「本人の了承なしで、物事決めたらアカン」

監督はこれだけは譲らなかった。

次の試合は東さんを投手に立て、トラック野郎に二対一で快勝した。

「こんな秘密兵器おったんか」

トラック野郎は東さんの切れのいい速球に目を白黒させている。その次の試合も七対二でピンクボーイズに圧勝した。東さんはホームランも打ち、投打に亘る大活躍である。

「どうや。ぐうの音ぇも出んやろ」

「悩めるエースはどしたんや」

「言わんといてくれ。控えは掃いて捨てるほどおるんや」

年金タイガースは一度勝つ味を覚えると段々勝負勘が戻ってきた。遂には岩隈はん擁する天神橋筋レッドからも勝利をもぎ取る始末である。

⑰

蕪村通り商店街のグロちゃんの洋品店の前で入るか入るまいか思案投げ首なのは、

近頃何かと話題の東さんである。七月に入った梅雨の晴れ間で、店先には日よけカバーを付けたアッパッパがたくさん吊るされていた。風が吹くたびサワサワ揺れて、いかにも夏直前である。アッパッパは本来体型がルーズになった中高年女子の衣類だが、若い娘もアッパッパを着るとテレビで評判になり、売れ行きが好調になった。といって、この店に若い娘が寄りつくことはない。店は入口が狭く奥に広い京町家風で、場末の割に垢抜けたディスプレイは年配婦人の御用達になっている。

「ヨッ、新エース！」

ウインドウに映った影に東さんが振り返ると、ダジャレさんが笑っていた。

「こんなとこで、なにしとんや」

東さんは少年のようにもじもじしている。

「グロちゃんに、用か？」

「チームに戻ってもらえないかと思いまして」

「ほっといたらええがな。チームはうまいこと回ってるやないか」

二人が話しているところへ、背後から胴間声が響いた。

「こんなとこで立ち話されたら、商売の邪魔や」

グロちゃんは汗を拭き拭き昔の船場の丁稚どんのような鳥打帽を被っている。

「外回りか」

「昔から、商いは牛の涎言うんや」

グロちゃんはそう言うが、婦人物の店を仕切っているのは奥さんの嘉子さんである。

「お前、野球もやってへんのにえらい黒いやないか」

「これは日焼けサロンや。ちーとは若うみせたいからな」

グロちゃんは髪も栗色に染め十歳は若く見える。

「なんも急がんでも、もちょっとしたら真っ黒焦げに焼いてもらえるで」

「おっと、その話は十年早いわ」

グロちゃんはダジャレさんのブラックジョークを軽くかわした。

「ところで、お前はなんの用や」

グロちゃんは東さんに話を向けた。

「はい、ちょっと」

東さんは一向要領を得ない。

「そんなら、ちょっと入れ」

「いや、ここで結構です」

「ここは商売の邪魔や言うてるやろ」

グロちゃんは遠慮の塊を店の中へ引っ張り入れた。

「いらっしゃいませ」

「奥さん、おコンニチハ」

ダジャレさんはしょっちゅう来るので、嘉子さんとは馴染みである。

「おい、キンキンに冷えたビール出せ」

グロちゃんは嘉子さんに命じた。

「ここで?」

嘉子さんは語尾が微妙に上がるおっとりした話し方である。店の奥は四畳半のスペースにソファーを備えているが、フィッティングや商談をする場所である。

「客来たら落ち着かんから、二階や」

グロちゃんは勢いよく階段を上がりながら、「聞かれたらヤバイからな」とダジャレさんに耳打ちした。

「マジかよ?」

ダジャレさんも若者言葉でやり返す。

「マジ、マジ」

二階は夫婦の居住スペースである。「東さんはわしのこと心配で来てくれたんやろ」

と、色男は状況判断が早い。

「休部届出した日ぃのおそおそに、監督が来てくれたんや」

「何かおっしゃってましたか」

「監督はわしとはツーカーやからな。なるべく早よ戻って来い言うて帰って行ったがな」

「グロちゃんがいないと、駄目ですよ」

「けど、ええ成績なんやろ。聞いてるで」

「それは、たまたまです」

「わしにも都合があるから、もうしばらく休むわ。いや、ずっとやないで。わしかて辞めたら寂しいからな」

「コイツはいったん決めたら猪突猛進や。しばらく構わんといたれ」

ダジャレさんは東さんに忠言した。

男盛りのグロちゃんは他人の身なりにも厳しい。奥さんのズボン姿は絶対許さないし、シミちょろなんぞ見ようものなら烈火のごとく怒る。

「さっきから気ぃになってんやが、お前社会の窓全開してるで。チャックぐらいちゃんとしとけや」

「もう、頓着ないからな」

ダジャレさんはゆっくりズボンのチャックを閉めた。ダジャレさんはまっすぐ迷わず老いの敷居を跨いでいる。

「あの注射は前立腺に悪い言うで」

グロちゃんの精力源は泌尿器科で三週に一度施す強精ホルモン注射である。賭博は色より三分濃いというが、グロちゃんは競馬もパチンコもマージャンもやらない。道楽といえば女である。

「男は立たんようになったらバッターアウトや」

グロちゃんはビールを一気に飲み干し、わしなんか朝までいけるで～と豪語した。

「ええ歳してそんなしゃかりきにならんでも、イクジイになったらええがな。孫はかわいいで」

「わしはそんな辛気臭いことする位なら、コロッと逝った方がええ」

グロちゃんは赤面する東さんに問責した。

「お前、ゴム買うことあるか？」

「いえ」

「そうか、お前のはもう小便出すだけか」

「買うんですか」

　東さんは逆に質問した。七十五歳にもなってそれを付けるほど勃起するかという真面目な質問である。

「東さんよ。あんなもんは一ぺん諦めたら終いやで。人生と一緒や」

　桜ノ宮ホテル街の起源は定かでないが、昭和二十年代後半にできた木造二階建ての銀橋ホテルは有名である。街頭テレビしかない時代に、テレビとこたつ付きが評判を呼んだのである。

「お前罪作りなことしたらあかんで。奥さん可愛そうやないか」

　嘉子さんは大恋愛の末結ばれた夢見る夢子さんのままである。グロちゃんは急に小声になった。

「アイツ、夜這いに来るんやで」

「お前ら、部屋別か」

　ダジャレさんも釣られて小声になった。

「夫婦は合わせもの離れもの言うやろ。一緒に寝てフーフーするんが夫婦やないか」

　嘉子さんはグロちゃんの広い胸に顔を埋めて眠りたいのである。嘉子さんはグロちゃんの色白好みに合わせ歌舞伎役者のような白塗り化粧を施している。

「もっとラブラブしたいわ」

七十過ぎの女が客に公言して憚らない。

「奥さん化粧濃すぎやで。夜鷹にでも出る気ぃか」

グロちゃんは店を閉めるなり酒を飲み始める。嘉子さんは店の片づけを置いて、場末のホステスのように甲斐甲斐しく世話を焼く。

「以前歳暮代わりに一回付き合うたんや。三年ほど前の話やで」

「奥さん、喜んだやろ」

「一週間ほど寝込んでしもたがな」

「誰がや」

「わしや。あんなもんイヤイヤするもんやないわ」

グロちゃんはサーファー張りの髪を撫でつけた。

グロちゃんのハイテンションの要因は、近所の人妻とのちんちんかもかもである。嘉子さんが知れば近松に負けない愁嘆場になること請け合いで、身投げをするなら大川も近い。

「以前薬局でゴム買うたら、店員がけったいな顔してたわ」

「冥途の土産ですか？　て、言われんかったか」

「わしは現役バリバリやで」

「老いは嫌うもんやない。気いよう招き入れるもんや。なあ東さん」

東さんは大阪人のノリツッコミはできないから、こういう振られ方が一番困る。

「東さん」

「なんでしょう」

「コイツみたいに仏壇の線香差しになったらあかんで。お前も一ぺん真っさらの観音さんを拝んでみ。身も心もピーンと若返るから」

グロちゃんは色艶のいい顔で東さんにウインクした。

「なんなら、いっぺん京橋へ連れてったろか」

東さんは肌身離さぬロケットに手を触れながら首を横に振った。東さんは寡夫でも妻一筋である。

「そういうことで、オレは健在や」

「京橋はサイコーや。死ぬまで通うんや」

グロちゃんは「グランシャトーがおまっせ」と、京橋のコマーシャルソングを歌い出した。

第二章　逃げも隠れもせえへんで　堂々生きて、堂々死んだる

⑱

グロちゃんも上背はあるが、長男はさらに長身で小顔である。女はなんだかんだ御託を並べても、より強くより逞しくより美しい男のＤＮＡを欲しがる。銅よりも銀よりもさらに上の金メダルをえり好みして、「どう、ええでしょ」と自慢したいのである。

外見だけは金メダルの長男は、若いだけに女遊びが派手で、尻拭いを実家へ持ち込む。持ち込むのは息子の嫁である。

「お義父さん、何とか言ってください。娘たちに示しがつきません」

何とか言ってくださいと言われても、長男は四十二歳の立派な成人である。長男には中学生と高校生の娘が二人いる。嘉子さんは他人事ではないから、店から売れ残り

のハンケチを持ってきて、「ええから使って」と渡す。

「あんたらの家のことやろ。いちいち言いつけに来てどうすんや」

グロちゃんはけんもほろろである。

「子は生むも心は生まぬ、言うやろ」

グロちゃんは得意の諺で嫁を翻弄する。

「子どもは育てる間だけ子どもなんや。動物かてそやろ、子離れしたら皆あっさりしたもんや」

「けど、人間はそうはいかんわよ。こんなしっかりしたいい奥さんがいてねえ」

グロちゃんはそれはないと思う。グロちゃんは化粧の下手な女と科を作らない女は女やないと決めている。嫁はその両方に該当する。更に言うなら、体も心もすべてに丸みがない。

「生活費は入れてんやろ」

「当たり前です」

長男は高卒だが車のディーラーで高給取りである。

「小遣いは？」

「昼食と煙草代込みで五万円です。それがギリギリですけど」

「装束は？」

「私が選んでも気に入らんから、自分であつらえています」

長男はグロちゃん同様衣装道楽である。

「それやったら、なんぼも遊べんやろ」

「服代の請求は来ますけどね」

嫁はそっと申せばぎゃっと申すタイプである。

「親の意見より無い意見、言うやろ」

「どういう意味ですか」

「金がなかったら遊ばんいう例えやないか」

「けど、証拠はあがっています」

嫁は私立探偵の口調になった。

「ほう、どんなや」

グロちゃんは参考までに聞いておこうと思った。

「私は洗濯に香りの残る柔軟剤を使っています」

「それが、どした」

嫁は不敵な笑みを浮かべた。

「帰ってきたら、違う臭いですよ」

「客商売やから、移り香違うか」

グロちゃんは適当に答えておいた。

「ははん。一緒ですね」

嫁は鼻で吹いた。

「なにがや」

「うちのもそう言いますから。けど、私はその手に乗るほど甘ちゃんじゃありません」

「けど、証拠としては弱いで」

「ポケットからラブホテルのポイントカードが出てきました。幾つか押してありますけど、なんなら見せましょか」

嫁はこれでもかとナインの胸を突き出した。

「へえ、きょうびそんなもんあるんか」

グロちゃんはすっとぼけたが、「昼間割引かてあるで」と教えそうになった。

「なんぼなんでも、肌着に口紅はつかんでしょ」

嫁はこういうことを人様に言ってはいけないという羞恥心を親から教えてもらって

いないか、親子共倒れのどちらかである。グロちゃんは「えらいエッチな口紅やな」とからかう気も起こらない。

「朝帰りは？」

「それはないですけど、午前様はざらです」

グロちゃんはすべてを了解した。長男は遊びのルーティンをちゃんとわきまえている。

「可愛い娘もおることやし、ヤツは家庭を壊す気ないやろ」

「それはわかってますけど、このままいうわけにはいきません」

それもこれもみんなアンタのＤＮＡやでと、嫁は四角い顎を突き出した。

「騒いだら、かえってやぶ蛇やで」

「けど、どこにも相談するとこがないんです」

嫁は「♪瀬戸は日暮れて夕波小波」の離れ小島から嫁いで来ている。

「わしは老い先短い後期高齢者や。なんの力もないからな」

たかが浮気ぐらいでぎゃあぎゃあ言いなやが、グロちゃんの心情である。

「ちょっと待って。それないでしょ」

嘉子さんが慌てて取り成した。

「なんでや」

「浮気は絶対あきません。それに、こういう時助けておかんと、いざとなったら嫁や息子の世話にならなあかんのですよ」

「わしは誰の世話にもならん。わしを看取るんはお前独りや」

グロちゃんはどさくさまぎれに点数稼ぎをすると、嘉子さんの顔はぱっと上気した。こうなると嫁は不利である。

「色欲は命を削る斧言うんや。息子に自分の頭の蠅は自分で追え、言うとけ」

グロちゃんは嫁をカンカンに怒らせて帰してしまった。

⑲

独身男は蛆が湧くほどいるが、グロちゃんの次男も四十を過ぎて独身である。次男はグロちゃんと奥さんのいいところを雅風にした顔で、男前だが野性味も大人の色気もない。おっとりした性格は嘉子さん似で、嘉子さんは次男が可愛くて仕方ない。次男は月命日のように無心の電話をかけてきて、京都から電車賃を使ってほいほいやって来る。二万、三万のはした金である。

「どう考えても小物や」

グロちゃんは自立させた子どもを念頭に置いていない。三代続いた洋品店は養子の自分が方をつければよいと決めている。

「あと三年も辛抱すれば一人前になるんや」

次男の三年は耳にタコができるほど聞いている。

「ぎょうさん金使うて大学まで出してやったのに、お前ほんまに仕事してんか」

「してるに決まってるやろ。これでも職人のはしくれや」

次男はおもむろに両手を差し出した。

「見てみぃ」

次男は男も惚れそうな白くて細い指である。

「あんた、綺麗な手ぇしてるなあ」

嘉子さんはうっとり眺めている。

「爪の先に染色液が染みついてるやろ、これが仕事師の手えなんや」

次男は京都の西陣で染色の仕事をしている。

「けど、不景気なんや」

「きょうび着物着る奴なんかおらんわ」

西陣も不況だが、小売店も大型量販店に押されてサッパリである。

「それより、お前ええ歳して二万や三万の金ないんか」

「そんなら、まとめて百万ほど貸してくれるか」

「あほ。そんな金どこにあるんや。お前がまともなら親の面倒見る年頃やないか」

「きょうび、そんな奴おらんで」

次男はあっさりしたものである。

「親は親でも子は子たれ、言うんじゃ」

「なんや、それ」

「子は親に孝養を尽くせいうありがたい教えじゃや。覚えといても荷ぃにはならんで」

「もしもし。オレやオレや」

グロちゃんは咄嗟に次男だと思った。ヤツなら金の無心である。

「なんや、お前風邪引いたんかいな」

電話の向こうからゴホゴホ咳ばらいが聞こえてきた。

「助ける思うて金貸してくれ」

「なんぼや」

「二百万」

グロちゃんはギョッとなった。額がいつもの二ケタ違う。

「お前も出世したもんやな。いくらなんでも二百万は出せんで」

「会社の金、使いこんでしもたんや」

グロちゃんはアチャーと思った。これが結婚費用というなら話は別である。

「そんな大金、一体なんに使（つこ）たんや」

グロちゃんはまさかと思ったが聞いてみた。

「女か」

「そうや。女のイロに脅されてんや」

「美人局やな」

「美人局？」

豚児はキョトンとしている。やっぱり蛙の子は蛙やと、グロちゃんは嘆息した。

「金返せんなら指詰めよて、言われてんや」

親の甘いは子に毒薬で、ツケは息子に回る。散々甘やかしてきたがこれがキリやと、グロちゃんは覚悟を決めた。

「何本や」

　グロちゃんが勝新太郎張りのドスを効かせると、次男の声が「ヒェー」とひっくり返った。

「だから、何本やと聞いてんや」

「そら、一本か二本やろ」

「指一本なら、仕事でけるやろ」

「その前に首になるわ」

「自分がしでかしたことや。指詰めるなり首吊るなりして、自分で落とし前をつけるんや。それが大人のけじめいうもんや」

　悪態をつく息子を尻目に、グロちゃんは立派に獅子の子落としをした。

　二週間ほどして、また次男から電話が来た。

「おう、お前生きとったか」

「立派に生きてまんがな」

　コイツ何考えてんやと思いつつ、あって苦労なくても苦労の親心である。

「おとん、二万ほど貸してくれ。出世払いで」

　次男は年金せびりの元の小物に戻っていた。

「お前、さいぜん二百万貸せ言うたばっかかやないか」

　次男は「あっ」と声を上げた。

「その話、オレ知らんで」

「んな訳ないやろ。どの口が言うてんや」

「知らん知らん。もしかして振り込め詐欺違うか？」

「確かにお前の声やったで」

「おとん、耳おかしん違うか。それとも認知症の前触れか。オレほんまに知らんで」

「ほんまか」

「ほんまにほんまや」

「女に騙されて二百万いる、言うてたで」

「オレ、女なんかおらんわ」

「ほんまにほんまか」

「まさか振り込んだんやないやろな」

「わしはお前を尖刃の谷へ突き落としたんや」

「なんや、それ」

「ライオンやろ」

「オレはライオンやない。どっちか言えばインパラや」

息子の声が判別できなかったとは、一匹狂えば千匹狂うである。よくよく考えたら、西陣の会社が指詰めを迫る訳がない。ころっと騙されてしまったのは老化による判断力の低下か、息子の言う認知症の前触れか、それにしても振り込まんで正解やったと内心の動揺と葛藤しながら、ショックのついでに気がかりなことを聞いてみた。

「正直に言うてみ。お前女嫌いなんか」

「んな訳ないやろ」

「じゃ、なんで嫁もらわんのや」

「甲斐性ないからや」

「それだけか」

「それ以上でも以下でもおまへん」

優男の息子はちょっと間が抜けて映らないこともない。

「どうしてんや」

「なにをや」

「あの方や」

「そんなこと、親に言えるか」

次男は大いに照れている。

「子を捨つる藪はあれど身を捨つる藪は無し、言うんじゃ」

「また訳のわからんこと言うて。オトン、ほんま認知症に気ぃつけや。事故とかにもな」

⑳

「ねえちゃん、別嬪やな」

グロちゃんは京阪天満のショッピングモールの前で、五十歳前後の女に声をかけた。ちょっとトランジスターだが、色白で化粧映えのする女である。

「いややわぁ、ご近所さんやないの。洋品店のご主人でしょ」

「掃溜めの商店街に、こんな鶴おったか？」

女なら老若問わず面通ししてるけどなと、グロちゃんは首を傾げた。

「こんな男前も、そうはおらんけどね」

女は男の扱いに慣れていた。

「カラオケスナック、よ」

「ああ、蕪村碑へ上がるとこやな。気ぃにはなってたんやが、行きそそくれてな」

「いつでも寄ってちょうだいな」

淀川左岸堤防上に建つ蕪村生誕地句碑は、「春風や堤長うして家遠し」の句を蕪村の筆跡で刻んだもので、淀川改修百年記念として一九八〇年に建立されたものである。

「ご近所のよしみで、どや一杯」

「一杯だけなら、ええわよ」

元酒場勤めのさばけた女である。モールの地下店で酒を酌み交わせば、近しくなるのはそう難しくはなかった。下手な鉄砲も数撃ちゃ当たるわいと、グロちゃんは久しぶりに血湧き肉躍った。

「ねえ、煙草ちょうだい」

女が煙草をねだれば恋は一歩前進である。

「なんでもえんか?」

グロちゃんは愛煙家ではないが、ナンパの心得として懐中に忍ばせていた。

「ラークやないの」

「ひばりのファンでな」

「ふふ。お前に惚れたでしょ」

女は値踏みするようにグロちゃんを睨んだ。女の目が段々据わってきた。

「酒、好きやな」

「家では飲めんからね」

「なんでや」

「アカンのよ」

女は煙草をくゆらしながら鼻でフンと吹いた。

「自分は大酒飲む癖してさ」

女とはそのまま近くのラブホテルへしけこんだ。グロちゃんが睨んだ通り、女の肌は極上玉だった。

「蕩けるみたいによかったわぁ」

「おおきにはばかりさん。わしかて、あんころ餅で尻叩かれてるようやったで」

「酒飲むと、ついあかんようになるんよ」

「ええこっちゃ」

「すっかり酒が抜けてしもうたわ」

「ちーと飲み直そか」

「飲みたいけど、時間ないわ」

「けど、ご近所はまずいな」

「結構焼餅焼きやからね」

女はぺろりと赤い舌を出した。大きい目がクルクル動く愛嬌女である。女もまんざらではなかったらしく、二度、三度と重ねるうちにグロちゃんの方が本気になった。そんな事情であるから、年金タイガースの躍進を聞いてもエースの自負心を傷つけられることはなかった。グロちゃんはこの結果に千パーの達成感を得ていた。事態が急変したのは、半年過ぎた初秋に入ってからである。

――一兎をも得ず、やがな

誘いのメールをしても返事がない。会えないとなると恋心は募る一方だが、まさか店へ乗り込むわけにはいかない。

憂鬱のさらなる原因は、女のダンナだった。蕪村通り商店街の役員は輪番で、酒が飲めるこの種の会合や付き合いは嫌いでないが、メンバーの中にその天敵はいた。端から端まで見通せる狭い商店街でも、気に入らなければ顔を合わせないで済むが、役員となるとそうはいかない。会合でたびたびの接近戦となる。

「若いとこでどや、引き受けてくれんか」

「たいていやないが、らっきゃ」

男は引き受け手のない会長職を要請されると、意味不明の言葉で受諾した。グロちゃんは「けったいなやっちゃ」と高を括っていたが、形勢の逆転につれ男の存在が大きくなった。

「蕪村さんの御膝元やから、べっちょないわ」

「？？？」

男の出所は播州である。そのアクセントから日本一押しの強い方言と言われ、有名どころは忠臣蔵の浅野内匠頭である。松の廊下の刃傷場面では、「おどりゃー」と罵詈雑言を発して吉良に切りかかったはずである。

「ああ、ごっとはん」

男は勧められればいくらでも飲んだ。顔は将棋駒だが不愉快な男ではない。寂れた商店街でシャッターを下ろす店はあっても、黒字経営の店は少ない。男のカラオケスナックは年配の固定ファンに支持されて羽振りがよかった。繁盛の要因は店を仕切るママである。美人の上に愛嬌があり、愛嬌は才覚の一つである。

「ママさん、おあいそ」

「百八十万円、よ」

客が皺をのばして払ったのは二千円である。

「お返しは二百万円也。大金やから落とさんよう気ぃ付けて帰ってね」

客は手を握ってもらって小銭を受け取る。客がでれでれ礼を言い、ママがコケティッシュに笑う。これで決まりである。

「でんでんや」

「でんでん？」

「なんじゃかんじゃ企画出して、商店街盛り上げよ」

無骨な男は冗談とも本気ともつかないアイデアを持ちかける。

「蕪村だるそばは、どうだ？」

男は蕎麦屋の店主をけしかけた。

「だるそば？」

播州弁はざ行がだ行に置換する。全然はでんでん、ぞうきんはどうきんである。

「なに言うてんか、さっぱりや」

役員たちは噂したが、播州男の人望はうなぎ登りである。一方のグロちゃんは、いつまでもそうは問屋がおろさなかった。

㉑

プロ野球ペナントレース終了と同時に年金タイガースも熱血シーズンを終え、ほっと一息ついている。監督の言うクールダウンである。

「どや。ちーと寄るか」

同級生の四人と東さんは慰労会と称し、蕪村通り商店街の一杯飲み屋に集結した。呑兵衛の五人は、何かというとここに集まる。茨線みたいにクセのある老ママが切り盛りする小汚い店は、客も気心の知れたジジイばかりで、安い代わりに催促してもアテもビールも出てこない。帰る時には自分で店先のポリバケツに空缶を入れるというオールセルフサービスである。であるからビールは缶限定、アテは裂きイカか柿ピー、ママの気が向くと枝豆やワカメの酢の物が小皿に分けて置いてある。ママは客そっちのけで缶ビール片手に小型テレビに熱中している。文句を言おうものなら、「気にいらんなら出て行き」とどやされる。まずは缶ビールで乾杯である。

「お前も出世したもんやな。一番の功労者や」

「それはないですよ」

東さんはグロちゃんの代役でピッチャーを務め、チームは東さんの活躍もあってトラック野郎に競り勝って初めて二位に躍進した。

「ちーとは自慢せんかい。お前は遠慮の塊やな」

東さんは静かに笑っている。

「学生時代、よく池袋の名画座に通ったものですよ」

東さんが東京の話を始めると一層東京弁になる。

「東京もんは言うことちゃうな。映画好きやし野球もうまいし文武両道ってわけや」

「それほどでもありませんけどね」

「こんな時はへえおおきにはばかりさんや。人間押す時ゃ押さなあかんで。お前はどうも押しが足らんわ」

東さんは先輩たちに教えられることばかりである。

「大阪は静かな喫茶店が少ないですね」

「昔はぎょうさんあったけどな」

「ありましたか」

「梅田の「門」とかいうクラシック聞かせる店へ行ったことあるがな」

元長距離トラック運転手の義雄さんが告白したので、東さん以外が吉本のギャグでひっくり返った。義雄さんはどう見ても赤ちょうちんに縄のれんの口である。

「へえ、お前あんな敷居高いとこへ出入りしてたんか」

「出入りいうほどでもないけど、一回か二回行っただけや」

「なんや、せやろな」

同級生四人はレギュラーから外れたが、チームの戦力であることに変わりはない。年金タイガースはいつ誰が永久欠番になるかわからないチームである。

「大阪では、体裁つける店は客入らんで」

「何故でしょう」

「何故でしょうて改まられても困るけど、大阪人は東京人とちごて恥を知っとるから、格好つける店は尻がもぞもぞして落ち着かんのや」

ノリツッコミでずっこける方が余程恥ずかしいと思うのは、東さんだけだろうか。

「ま、シャイとでも言うかな」

「シャイですか」

東さんは退職後奥さんの地元に戻ったUターン組である。

「家内は東京の生活に耐えられないと言いましてね。三十年も暮らした後ですよ」

「そもそものなれ初めはなんや」

「同じ職場です」

「職場恋愛か？」

「まあそんなものです」

「なんぼや」

「歳ですか」

「なんぼや言うたら、歳に決まっとる」

「向こうが一つ上です」

「老い姉か。老い姉は金のわらじ履いてでも探せ、言うからな。ところでお前は、ざっくばらんな関西女にいかれたんやろ」

「いえ、てっきり関東人だと思っていました」

「奥さん、東京弁やったんか」

「後で思えば、ちょっと変でしたけどね」

多恵子さんは銀座の眼鏡屋に勤める東さんを送り出すと、録画した関西芸人の番組をむさぼるように見ていたそうである。

「東京弁はスカみたいや」（スカ→ハズレ）

東京弁は内容を伝える言語で、関西弁は情緒を伝える言葉である。江戸仕草は粋が売りだが、関西風は「それなんぼしたん?」のぶっちゃけトークが基調である。多恵子さんは夫や義父母の前ではバイリンガルのように関東弁を駆使し、独りになるとテレビに向かって「なんでやねん」とノリツッコミをしていたのである。夫婦の間に子どもは授からなかった。

「大阪へ帰りたいわあ」

東さんが退職間際になると、多恵子さんは堰を切ったように訴え出した。

「更年期なの?」

「なんでやのん。うちを幾つや思うてんのよ」

多恵子さんは封印してきた大阪弁を駆使して、一世一代の泣き落としを図った。

「大阪で生まれた女やさかい、東京へはようついていかん」

東さんは多恵子さんのたっての希望を聞き入れ、東京を捨てたのである。多恵子さんは姉妹が住む大阪へ帰ってからは、天神橋筋商店街にはりついて思い切り虎豹文化を楽しむようになった。虎は大阪城天守閣外壁「伏虎」にあるように、太閤さん以来の馴染みである。

「これ安かったんよ。ええでしょ」

天神橋筋商店街は全長二・六キロの日本一長いアーケード商店街で、そこで買ったアニマル柄のブラウスを見て、東さんはひっくり返った。

「これ着ると、天下取りになれるんよ」

多恵子さんはサスベーに日傘を広げて街を駆け抜けるようになった。サスベーは大阪マダム御用達の自転車用傘立てである。

「おい、茶髪だけはやめてくれよ」

東さんの悲劇は、六年後に多恵子さんを亡くしたことである。

「奥さん、あっけなかったな」

「虫の知らせのようなものがあったのですかね。故郷へ帰って少しはしゃぎ過ぎたのでしょう」

多恵子さんは自転車で転倒し、ヒョウ柄スパッツのまま救急車の中で死んだ。死因はくも膜下出血である。

「お前長いこと天岩戸やったから、わしらは随分気ぃもんだで」

東さんは今では異郷に独り暮らしである。大阪は東京に比べてスピードが速い。歩くのも早いし、会話は素早いパス回しが命である。大人も子どももファイティングスピリッツ丸出しで、油断も隙もあったものではない。

「寂しやろ」

「それは、寂しいですよ」

東さんは遺骨の入ったロケットを首から下げている。いちびりの大阪人もそこだけはいじらない。

「奥さんの墓、こっちか」

「お寺が経営するロッカーのような墓です。ICカードをかざすとゴロゴロ音をたてて現れるのです」

「どこも核家族で墓守もないから、これからそういうの増えていくんやろな。ところでお前はどうすんや」

「二人用を購入しました」

「なんや、早よそれ言わんか。いらん心配したがな」

「どうも済みません」

「そうか、お前はわしらと一緒に大阪に骨を埋めるんか」

東さんは四人の前では饒舌になる。

「ミンネスルンドってご存知ですか」

「お前は理屈もんやからな」

年長者は適当な半畳を入れながら聞いてくれる。

「人は死んだら森に帰るというスウェーデンの思想です」

「お前、そったらもんにかぶれてんか」

「私は本当は散骨がよかったのです」

「そんなことしたら、奥さん寂しがるで」

「異郷にいるとついそういう気になります」

「異郷異郷て、いつまで異郷や。郷に入っては郷に従えや」

「そのつもりですけどね」

東さんは心中複雑に違いない。

「映画好きやったら、ビデオ屋さんでＤＶＤ借りてきたら終いやろ」

「だけど、劇場で見るのとは違います」

「お前とこ、大型テレビか」

「三十二インチですけど」

「ああ、だからあかんのや。きょうび五十インチぐらいないとな。五十インチなら映画館と同じ迫力や」

「大きすぎません？」

「大阪はどの家も五十インチやで」

「まさか」

「型が古てもよかったら、今ならびっくりするほど安いわ」

「二人で映画へ行きたかったという話ですけど」

「今更無い物ねだりしてどうすんや。赤子じゃあるまいし」

東さんは小気味良いほどびしびし指摘される。

「いらんこと考えんと、家でテレビ見とけ。晩酌しながら時代劇見てたら極楽や」

薄型やから場所取るかいな、狭かったらテレビの上で寝たら終いやがなと、老人たちの話は出口がない。

「時代劇と言えば、水戸黄門ですか」

「わしは初回の昭和四十四年から再放送も繰り返し何べんも見とるんや」

「熱心ですね」

「わしを誰や心得とる、スポンサーは恐れ多くもわしの会社やで」

紘一さんが自ら印籠を披露すると、勇造さんは「ハハアー、お前のお陰やー」とひれ伏した。

「時代劇は白黒はっきりしてるから、年寄りは安心して見ておれるわ」

「後はさんまの番組やな。アクがのうてええわ」

同級生四人組はさんま御殿とＢＳで再放送中の中村吉右衛門の鬼平犯科帳のファンである。

「けど、シーズン中はなにがのうても平気や。お前も当然阪神ファンやろ？」

東さんは本音を言えばヤクルトファンである。神宮球場で緑のビニール傘を振って東京音頭を踊ったことも一度や二度ではない。

「そうですけどね」

東さんは東京ヤクルトで思い出したことがある。

「プロ野球の最初のナイトゲームは昭和二十三年八月で、横浜ゲーリッグ球場の中日・巨人戦です」

「その横浜なんちゃらはどこや」

「今の横浜スタジアムです」

「戦争に負けたのに、はよからナイターやってたんやな」

「東京では、神宮球場で巨人対急映戦が最初です」

「神宮球場って、あのヤクルトのか？」

「そうですよ」

東さんは自然と声を張った。

「それなら、甲子園はいつや」

「さあ、それは知りません」

「おい、聞いたか。コイツもぐりもええとこやで。甲子園のこと知らんで阪神ファン言えるか」

「どうも済みません」

「謝る位なら、はなからちゃんと調べとけ」

東さんは藪蛇になった。

㉒

「うちの犬な」

昭さんが嬉しそうに話し始めた。

「名犬ラッシーか」

「ラッシーやないよ」

「白いごっつい犬やろ」

「ああ、あれな。あれはもう死んだわ」

昭さんは悠長なものである。

「えっ、死んだんか」

「もう三年も前の話やで」

老人たちは三年前もつい昨日である。

「今度の犬は何ですか」

「ポメラリアンや」

「そういえば、こないだ見たな」

「お前ら、なんべんも見てるがな」

「そやったかいな。忘れとったわ」で、この話は終いである。

「あれ、お前の趣味やないやろ」

「家内や」

「やっぱりな」

昭さんは高校出の奥さんが自慢である。

「家内は洋食が得意なんや」

「俳句もやってんやろ」

「オレにはさっぱりちんぷんかんぷんやけどな」

「いくつや」

「四かな」

「若いがな」

「孫が三人もいるばあさんやけどな」

「まだまだいけてんで」

昭さんはまんざらでもない。

「それで、犬の話はどうなりました」

「そや、犬の話やったな」

昭さんはやっと本題を思い出した。

「ピースって名前なんや。なに、たまたま八月に飼い始めたんでな」

「お前は相変わらず戦争引きずっとるな」

「外来種は日本犬と違うな。日本犬はきっちり序列を決めてるやろ。つまり忠義の順番や」

東さん以外犬を飼ったことがない。

「外来種は誰にでもフレンドリーなんや」

「尻軽なんか」

「そうとは違うけど、なんもあこまで人に愛想ふりまかんでもええ思うんや。その癖よその犬を見ると一目散に逃げて来るんやから、変な犬やで」

「よっぽどの箱入り娘やな」

「娘やのうて、息子や」

㉓

「コラア、東男」

三百五十㎖缶を三本も飲み乾すと、紘一さんはすっかり出来上がってきた。紘一さんは酒豪揃いの仲間内では一番弱い。呼んだら気いよう返事せんかいと、飲むと少々諄(くど)くなる。

「私、老眼が進みましてね」

「お前、歳なんぼや」

東さんは年齢を何百回聞かれたかわからない。

「老眼はどうしてなるんや」

紘一さんは元眼鏡屋に尋ねた。

「老眼は中国語では花眼と言います」

「お前はどうもいらん話が多（お）いわ」

余分な話は先方の気もするが、慎み深い東さんはそうかもしれないと自省した。

「老眼は手元が見えにくく、遠くのピントが合わない症状です」

「そんなことはチョンでもわかるで」

「では、これはどうですか。水晶体が硬くなってピントが合う範囲が狭くなるという説が有力です」

「なるほどさすが専門家や。まあとっとけ。誉めてつかわす」

紘一さんは表彰状を差し出す真似をした。

「昔は鼈甲枠がステイタスでしたけどね」

「あったらもんあくかい。成り上がりもんの悪趣味や」

大阪人は値切り倒して安く買ったものを、「これなんぼしたと思う?」と自慢する。

「老眼の次は歯にきましてね」

「それでお前、浮かん顔してんか」

「そうですかね」

「目えが死んでるがな」

東さんは奥さんが死んで以来、ややメランコリー気質である。

「年寄りの生活はジャングル探検と一緒や。ワニやライオンがうじゃうじゃおるで」

「恐ろしいですね」

「恐ろししても誰もが通る道や。お前だけ通らん訳いくかい。歯ぁの次は耳に来るで。わしらはそこんとこはあんじょうクリアしてるけどな」

大阪人はそうでなくても大声だが、四爺もメガホンより大声である。

「聞こえん位がちょうどええで。いらん話聞かんで済むからな」

「随分ポジティブですね」

「あずるんはこれからや。耳の次は夜間頻尿アンド尿漏れや」（あずる→手こずる）

「実は、わしもう穿いとんのや」

義雄さんがまさかの告白をしたので、紘一さんはショックを受けた。筋肉自慢の義雄さんは、四爺の中では断トツのナイスボディである。

「どれ、どうなってんや。見せてみい」

紘一さんも昭さんも勇造さんも紙おむつはまだである。義雄さんがズボンをずり下げて披露すると、それまでテレビに気を取られて知らぬ存ぜぬだった老ママが、

「ちょっと。まっとうな店でやめて頂戴」と文句を言った。

「ママにも後でちょこっと見せたるがな」

九十年代に本格的に普及した大人用紙おむつの市場は千七百億円にのぼり、二十一世紀に入ると子ども用おむつを逆転した。

「パッド型言うて、生理ナプキンと一緒や」

「歳取ったら、男も女もないな」

「ちゃうで。女が男にモデルチェンジや。恐ろしでー」

妻帯していない義雄さん以外がイヒヒ笑う。

「塩梅悪ないか？」

「なんも不自由ないで」

四人は東さんそっちのけで紙おむつ談義である。

「東男、待たせたな」

紘一さんは思い出したように東さんに話を戻した。

「身体髪膚は私有財産やないから、常日頃から覚悟しとかんとな。オレなんか背えが十センチほど縮んでもうたけど、別になんの不自由もないで」

東さんは失笑するよりない。

「心配せんでも、お前が寝たきりになったらわしらがケツ拭いて紙おむつ替えたる」

それはそちらが先でしょと、東さんは心配しないでもない。

「実は、免許証の更新がありまして」

「えらい長い前振りやったな」

紙おむつ談義で話を長引かせたのは先方である。

「都島警察へ行ったんやろ」

東さんは「詳しい検査受けな、再発行でけまへんで」と早口で捲し立てられた顚末を打ち明けた。

「もういいんじゃないかと思いましてね。もう車に乗ることもないですから」

「そう言えば、この頃は見かけんな」

車の処分は多恵子さんが死んだ五年前である。東さんは鶏のように姦しい検査官の顔を思い出した。

「免許証を返上してきました」

紘一さんが血相を変えた。

「おい、お前今何言うた。そんな大事なもんドブに捨ててどうすんや」

「確かにちょっと寂しくなりましたけどね」

「この、どあほ」

東さんは「あほ」の各種パターンを軽く受け流せるようになったのは最近である。

四爺は「えらいこっちゃで」と、東さんそっちのけで鳩首凝議を始めた。

「ちょっとブルーになっとんちゃうか」

「奥さんが死んだ時みたいに巣籠りになったら、えらいことや」

「転ばぬ先の杖やで」

昭さんは相撲の勝負審判のように単刀直入に宣告した。

「お前、犬飼え！」

「飼ってる人もいますけど、マンションですからね」

「犬があかんのなら、アイボちゃんでもええで」　（アイボ↓お話しロボット）

「それだったら、子どもの頃飼ってた犬ですよ」

四爺と東さんは缶ビール五缶を飲み干し、「ほんじゃまた」とお開きにした。

㉔

―もっと早く飼えばよかった

東さんは毎朝目覚めるたびにそう思った。愛犬は食事、睡眠、散歩、遊びの単純な図式で成り立っている。愛犬はいつも機嫌がよい。愛犬は片時も東さんの傍を離れない。ペットが人を癒してくれるというのは本当である。

「ありがとうございました」

東さんは昭さんの所へ挨拶に行った。遠い親戚より近くの他人で、東さんは五歳上の昭さんを兄のように慕っている。

「飼うたんか」

昭さんは「どれ」と辺りを見回した。

「ピースちゃんが怖がると思って、留守番をさせました」

「そんな気遣いいらんで。勧めた手前、わしかて見たいがな」

料理自慢の奥さんがいくら夕食を勧めても、東さんは決まって固辞する。

「関東人は、腹割らんからな」

東さんと関西人では、越えられない壁がある。

「けど、よかったな」

「はい」

慎重派の東さんは飼い主のいない犬を引き取ってくれるＮＰＯで生前契約を交わした。東さんの懸念は平均十四、五年の犬の寿命だった。

ペットショップの愛くるしい子犬を見た瞬間、東さんの心は決まっていた。東さんはこうと決めたら真実一路である。

「この犬にします」

愛犬が来て東さんの生活は一変した。清潔を保つため、布団を干したり掃除を念入りにする。愛犬と散歩に出るのに、髭を当てて身だしなみを整える。妻が死んで面倒になっていた習慣を元に戻すと、生活の張りのようなものが戻ってきた。人は習慣によって生きているのかも知れない。

「多恵ちゃん」

名前を呼べば愛犬はじゃれついてくる。白い毛並に耳だけ茶色のシーズーは、どこか妻の面影がある。東さんは仕舞い込んでいたCDを引っ張り出し、エディット・ピアフの「バラ色の人生」を聴いた。それは恋人時代ダンスホールで踊った曲である。東さんが野球の練習に出ようとすると、愛犬は切ない声で後追いする。東さんは愛犬連れで練習に来る始末である。

「お前、やり過ぎやで」

愛犬は夜になるといそいそベッドに潜り込んでくる。それはペットによくない習慣と聞いても、東さんは止めることができない。人から見れば赤面至極でも、妻のパジャマに包んで寝かせることもある。

「多ーちゃん、お休み」

東さんは朝までぐっすり眠れるようになった。まとわりついて起こしてくれるのも愛犬である。

㉕

「お久しぶりです」

東さんは大川沿いの藤田邸の蓮池の前で声をかけた。グロちゃんに会うのは四ヶ月ぶりである。藤田邸跡公園は明治の実業家藤田傳三郎宅の庭園遺構を市が修復再生して無料公開するもので、秋冬のこの時期はヌマスギの紅葉を愛でながら人工池で鮒釣りをする常連は多いが、気温の下がる午後は人が少ない。

「髭、伸ばされたんですか」

帽子を目深にかぶったグロちゃんは、碌々目を合わさない。それもそのはず、グロちゃんは目下四百四病の外である。この病はお医者様でも有馬の湯でも治せない。

「その犬、どしたんや」

「最近飼ったんですよ」

「ぬいぐるみ、みたいやな」

白に耳だけ茶色のシーズーは、グロちゃんの足元にまとわりついた。

「メンタ、か」

東さんは愛犬に妻の名前を付けたことを明かさなかった。

「世話、大変やろ」

「犬のおかげで毎日散歩ができますから」

東さんはグロちゃんに代わり好成績を収めたことで何か言われないか心配だった。

「言うこと、聞くか?」

「ちゃんと躾ける必要はありますけど、犬は百パーセント忠実です」

「おい、この世に百パーはないで」

グロちゃんは思い切りシニカルになった。

「犬の場合は、飼い主がリーダーシップを取ることが大事なんだそうです」

「リーダーシップ、な」

グロちゃんはムンクの叫びの表情をした。リードを握っているのは先方である。

「ねえちゃんより、ええか」

「女性もいいでしょうけど、犬もいいですよ」

東さんは当たり障りのない返事を返した。

「犬との散歩によって副交感神経の活性値が高まるそうです」

「なんや、それ」

「リラックス効果だそうです」

グロちゃんが百面相をしたので、東さんはいけないことを言ったかと話を転じた。

「ここで何をされていたのですか」

「なんもしてへん」

「寒くないですか」

「そら、寒い」

「お風邪を引きますよ」

「引いてもえんや」

グロちゃんはじっと蓮池を見つめている。

「これ、蓮ですよね」

「花の盛りは、見事やったけどな」

インド原産の蓮は、夏の盛りに大振りの美しい花を咲かせる。撥水性のある大葉は驟雨を漏斗口に溜め、風が吹けば鳥の羽繕いのように打ち払う。その天竺斑蓮も舞妃蓮も艶陽天も西円寺青蓮も、打ち首にあったように朽ち枯れている。

「まるで古戦場ですね」

「人間もこれとおんなじや」

グロちゃんは琵琶法師のような言葉を嘯いた。

「実はな」

東さんはそっと愛犬を抱き上げた。小犬はこの場に飽いていた。

「鳩を待ってたんや」

「鳩ですか？」

東さんは思わずあたりを見回した。

「今時分一羽だけ飛んで来るんや。白い鳩は珍しやろ」

グロちゃんはどうにも頭を抱えたままである。

「どうもあかんのや。何を愉しみに生きとるんかわからんようになったんや」

東さんは恐る恐る尋ねた。

「最近、京橋とかは行かれないのですか」

「行ってもおもろない」

東さんはこういうとき機転を利かした言葉が浮かばない。愛犬は場の空気を察したように愚図り始めた。

「御免御免、長話やったな」

「早くチームに戻ってください」

「これだけ離れとると敷居高いけど、ま、気持ちの整理が付いたらな」

「それを聞いて安心しました」

「お前犬飼うて正解やで。生き生きしとるがな」

グロちゃんは嫌がる犬に頬ずりし、孫にでもするようにバイバイをした。

㉖

―嫌いになったんやろか。そんなはずないんやが
年末商戦で忙しかったせいもあり、女とは二カ月以上逢っていない。元々が一カ月に一度の逢瀬である。「メール見たら消してね」「わしもそうするわ」と口約束しているが、何かの拍子でまずいことになったのだろうか。
―月一で休みのはずなんやけどな

女は美容院やショッピングに出掛けたりして、唯一フリーになる日である。グロちゃんはせめて店の前を通りたいが、♪五番街は近いけれど、とても遠いところ、である。百戦錬磨のグロちゃんでも、この想いは初めてだった。

—虎穴に入らずんば虎子を得ず、や

グロちゃんは危険を承知でメールを送ってみた。

「?」

ヴィクトル・ユーゴーがレ・ミゼラブルの売れ行きは？　と出版社に送った世界一短い発信文で、「!」なら商談成立である。グロちゃんは「?」「?」「?」と何度も送ったが、女からはなしのつぶてだった。グロちゃんは年末年始ほとんど飲まなかった。いつもなら、普段に増して飲む時期である。

「心配やわ。どっか悪いんやないの」

「いちいち人のこと詮索すな！」

グロちゃんは糟糠の妻に当たるよりない。

アーケードのない蕪村通り商店街を、六甲おろしが縦横無尽に吹き抜ける。灯火管制のように暗い商店街は、ネズミ一匹通らない。新年会は月のない新月の晩だった。

いつもは腰低く注いで回る会長が上座にデンと居座ったままで、グロちゃんはこれが飲まずにいられるかの心境でしこたま飲んだ。

「会長の店でカラオケしましょ」

「せんどぶり休業や」

「そんなつれない。ママは?」

「おらんで」

グロちゃんはもしやと思い携帯を見たが、女からの着信はなかった。「んな訳ないか」と、いくら飲んでも酔えない晩である。

「しゃあないから、天六まで行くか」

「誰かタクシー拾えや。会長、行きましょ」

近頃陰に籠る男が肩を押されて連行されて行ったので、グロちゃんはこのまま千鳥足で帰れば安泰だった。

「闇夜に目あり、や」

背後に気配を感じた時、何者かがヒタヒタ迫って来た。

「びっくりしたっ!」

軒先に身を寄せると、正体はスーパーの空袋だった。強風に煽られたビニール袋は、糸の切れた凧のように舞い上がって消えた。

「おい」

闇夜の礫とはこのことである。呼び止められて振り返ると、あの播州弁だった。

「なんでっか」

グロちゃんは会ってはいけない男にガチで遭遇し、これまで丈夫に生え揃えてきた心臓の毛が逆立った。

「#%$*@?!」

男の声が風に消え去り、何を言ったかさっぱりわからない。

「ええがい！　ぜっぺ待っとうで！」

男とは右左に別れたが、グロちゃんは我が家に足を向けたままハムレットのように懊悩した。

―行くか、行くまいか。けど、家にでも乗りこまれたらえらいことや

男が指定した蕪村碑は商店街の西突き当たりを淀川堤へ上がったところで、現存しないが与謝蕪村の生家はこのあたりである。男の肝いりで始めた蕪村の短冊が、枯れ尾花のように光って揺れた。我が家を素通りして真っ暗な堤を上がっていくと、淀川で寒気を増した強風に煽られ、グロちゃんは思わずマフラーを巻き直した。

「河川敷へ、降りんか！」

男はいつの間にか出没し、背後から小突いた。野球やサッカーグラウンドやテニスコートが整備された広大な河川敷は、昼間は運動選手で賑わうがこの寒空では釣り糸を垂れる者もいない。

「こないにさんこして、なしてまあ」　（さんこ↓播州弁で散らかす）

男の息遣いが早鐘のように聞こえる。

「めげるようなことしたら、あかんど」　（めげる↓播州弁で壊れる）

「めげる？」

「よりによって、あの世に片足突っ込んだこんなジジイと」

男の手がぶるぶる震えている。見かけとは違う気弱な男かもしれない。グロちゃんは一夜の恋ばかりで、こういう修羅場は初めてだった。

「こんなとこへ呼び出される覚えはないで」

艱難汝を玉にすと、グロちゃんは武者震いした。

「ダボ！　盗人猛々しいとは、お前のことや」　（ダボ↓播州弁で大あほ）

男が携帯を翳すと、それを合図に蛍のような灯りが堤を降りてきた。長い髪が風にほつれ、心なしか首筋がほっそりしたようである。目を合わせようにも、女は取りつく島がない。

「ご近所やから挨拶しただけやのに、メール来たんよ」

女は非の一部をあっさり認めた。

「なんでメルアドなんか教えたんや」

「ご近所やからでしょ。商売かてあるし。けど、なんもないわよ。メールだけやから」

女は経文を読むようにスラスラ弁解した。グロちゃんは「なんでやねん」と邪気のような感情が疼き、女に対して生まれて初めて倦厭のようなものを感じた。裏を返せば、自分に対してである。

「太もものあれは、キスマーク違うな」

「冗談言わんといてよ。あれはただの湿疹やないの」

「お前、せんにも似たようなことあったで」

「うちのこと信用してへんのやね。酷いわ」

女は髪を振り乱してオヨヨと泣き崩れた。古今東西どんな勇壮な男も、女のプラセボ（偽薬）にコロリ騙される。

「お前はもういいね」

女はその言葉を待っていたように闇に消えた。残り香も何もあったものでない。

「もうつきまとわんな」

「なんもないんやから、つきまとうもつきまとわんもないやろ」

「じゃあ、メルアド消せ」

「そんなもん、あるか」

女の不実がグロちゃんの心を空白にした。

「かしくさせ！」

男はグロちゃんの新機種のスマートフォンに面喰らい、そのまま一気に踏み潰した。気弱な男ほど、思いつめたら何をしでかすかわからない。

「それめちゃ高かったんや。弁償してもらうからな」

「そんなこと言えた義理か」

男はいきなりグロちゃんの首筋を摑んだ。

「頼むから、俺の女房に変なことせんといてくれー」

男は突然半狂乱になった。

「なにすんねん」

「ふざけんな。子どもじゃあるまいし、なんもない訳ないやろ」

男の濡れた瞳が暴徒化したと思いきや！

乾坤一擲！

「おどりゃー」

グロちゃんはこの世の果てまで弾き飛ばされた。

㉗

毛糸のマフラーにおそろいのとっちゃん帽をかぶったダジャレさんが、短い足で自転車を立ちこぎしながらやって来た。ダジャレさんは肩でゼエゼエ息をしている。

「泡食ってどないしたんや」

「どないもこないもあるかい。玉ちゃんや」

玉ちゃんは珍しく練習を休んでいた。

「お前その前にズボンのチャック閉めろや。首は温うても下はスースーやないか」

「ほんで、すーすーしとったんか」

「人様に自慢して見せるほどのもんやないやろ。そいで、玉ちゃんがどしたんや」

「玉ちゃんの息子や」

「肉屋やってる子ぉか」

「そや」

「どしたんや」

「アランドロンや」

「アランドロン？」

「女とドロンしたいう話やで」

「お前、子グロと間違うてんやないやろな」

「子グロやない、子玉や」

「あれは親に輪をかけた堅物やで」

「けど、もっぱらの噂なんや。閉店の張り紙あるしな」

「嫁や子はどうしてんや」

「あこはガキはおらんで」

「玉ちゃんの奥さんも一緒やろ？」

「その玉嫁もおらんのや。そして誰もいなくなった、や」

「冗談言うてる場合か。本当やったらえらいことやないか」

ダジャレさんは仲間にこっぴどく叱られてしまった。

「心配やから、ちょっと様子見て来るわ」

申し出たのは、水と油のダンディさんだった。

「済まんけど、頼むわ」

玉ちゃんの市営住宅は四階建ての三階である。エレベーターがないので、狭い階段を上がって行くよりない。物事に動じないダンディさんでも肩ががちがちに凝った。注文を付けられたら副キャプテンの肩書を示すつもりだった。

「こんにちは」

ブザーを押すと、中から出て来たのは奥さんの房子さんだった。戻っとるやないかいと、ダンディさんはひとまず安堵した。房子さんは特別変わった様子はない。

「野球チームの者ですが」

奥から玉ちゃんが出てきた。

「なんや、お前か」

ダンディさんは家庭訪問を拒絶する保護者に面談するくらい緊張した。

「話があるんや」

「そうか。ちょっと待ってくれ」

玉ちゃんはジャンパーを取りに行ってすぐに出て来た。二人が向かったのは近くの蕪村公園である。ここは広いので人に聞かれる気遣いはない。正月休みの親子連れが、のんびり凧揚げに興じていた。当節のカイトは風がなくてもよく上がる。真冬の澄み切った青空の下で、子どもたちの歓声はジオラマの別世界だった。二人はしばらくそれを眺めていたが、黙って隅のベンチに腰を掛けた。

「奥さん、いつ戻って来たんや」

「ちょっと前や」

ダンディさんは「そらよかったな」と言いかけて止めた。妙なことを言ってブチ切られたら元も子もない。ダンディさんが躊躇っていると、玉ちゃんの方から口を開いた。

「息子が店潰して、一家離散や」

ダンディさんは「そら、大変やったな」と慎重に言葉を選んだ。

「もう、わやや」（わや→台無し）

おめでとうの挨拶を交わす新年に聞くには、冗談でも悲しすぎる話である。精肉店は玉ちゃんの人生そのものである。

「けど、息子はこうするよりなかったんや。世間はどう言うかわからんけどな」

「あこも、シャッター下ろす店多（お）いからな」

大型量販店の進出で、昔ながらの商店街はシャッター通りと化している。ダンディさんは子玉が女と逃げたという世間の心無い噂を確かめなかった。

「お前に一つだけ言うとくわ」

「ああ、何でも聞くで」

「俺、正月明けたら働きに出よ思うんや」

「そんなに切羽詰まってんか」

「ぎょうさん借金あるから息子夫婦は必死のパッチや。嫁に行った娘も手ったう言うてるけど、俺らもちょっとは助けんとな。ま、年寄りのことや、勤めるいうてもパートかなんかや。野球は大丈夫やと踏んでんやけどな」

「そら大変やな」

　ダンディさんは玉ちゃんの苦労に苦労を重ねた人生を想った。人を想えば想われる言霊信仰は健在である。

「悔しいやろ」

「ま、これも運命や。諦めるよりないわ。元々裸一貫やからな」

「そら、そうやけど」

「けど、俺は後悔なんかしてへんで。後悔することなんか一つもあらへんからな」

「当たり前や！　お前はなんも悪ないわ！」

人は時には身勝手な差別をする。世の中になくてはならない仕事なのに、三Ｋに代表される汗埃にまみれる職種への言われない差別である。苦労を重ねてやっとの思いで築き上げた玉ちゃんの城が、市場原理の大波に飲み込まれていったかと思うと、鬼のダンディさんの目から大粒の涙が零れた。

「お前偉いわ。大したもんや！」

涙の訴えに玉ちゃんもさすがにぐっと来て、慌ててそっぽを向いた。

㉘

「どないですか」

開幕が近づいても練習にやって来ない監督を、指輪さんが見舞った。二人は幼少からの親分子分である。デイサービスに行っている美津子さんは夕方迎えればよい。

「風邪が長引いてしまってね」

定石さんはマスクに丹前姿で現れた。

「声がかすれてますよ。寝てなくて大丈夫ですか」

「これでもだいぶんようなったんや」

指輪さんは定石さんの顔色の悪いのが気になった。今にもそげ落ちそうな土壁色である。定石さんは指輪さんを居間に通し、マスクで失礼するでと断って話を始めた。

「練習、いけてるか」

「開幕が近いから、皆張り切ってますよ」

「それなら一安心や」

定石さんはチームメートに万遍なく気配りする指輪さんに全幅の信頼を寄せている。

「寒暖の調節はまめにせんとあかんね」

定石さんは今回の顚末を話し始めた。

「外出の時ちょっと寒気がしたんやが、帰ったらえらい熱や。次の日病院へ行ったが、薬が効かんのよ。点滴打ちすぎて腕に痕ついてしもたがな」

「食事、できてます?」

「宅配サービス、頼んでるからな」

「夜だけでしょ」

「実は、最近あんまり食べれんのや」

「買い物はどうですか。何かお持ちしましょか」

「今のところは間に合うてるで。どないしてもあかん時は頼むからな」

昭和一桁は人に頼らない志操堅固である。悲惨な戦争がそうさせたのである。

「ちょっとした風邪でも一カ月はかかるね。それに、病気になると妙に浮世離れしてしまうから恐ろしわ」

「そうですね」

指輪さんにも思い当たる節がある。

「暑さ寒さに耐えれんようになって、随分気ままな体になったもんや」

定石さんは珍しく弱音を吐いた。

「御免御免、せんないこと聞かしてしもたな。君やとつい甘えてしまう」

「それはお互い様です」

「実は、外出いうのは散髪なんや」

指輪さんは端正に整えられている定石さんの銀髪を眺めた。

「確か寒の戻りの日ですよね」

指輪さんが首をかしげると、定石さんはいたずらっぽく笑った。

「散髪屋は結構混んでたで」

「そうですか?」

指輪さんは怪訝な表情を崩さない。

「変な例えやが、南極のペンギンでも極寒の時は身を寄せて命を守ろうとするやろ」

「ペンギンですか？」

「同調効果ともペンギン効果とも言うんやそうやが、年寄りもあれとおんなじや。独りでじっとしとると、ごっつ不安になってくるんや」

「それで、散髪ですか？」

　定石さんの息子二人は東京で多忙な商社勤めである。母親の存命中はマメに連絡を寄越したが、最近は盆暮れにも帰って来ない。

「共働きで子どももおるから、嫁の実家の近くにマンション買うてな。その方が都合えんやろ」

「きょうび、どこもそうですね」

　指輪さんの娘も東京暮らしで一向帰ってこない。娘は四十を過ぎて未婚である。

「女の子ですし、いつまでも独りでいると親としては不憫ですよ」

「まあ、それもいろいろや」

　定石さんは急須に湯を注いで香りのよい玄米茶を振る舞った。

「どこのお茶ですか」

「天六の監督の店や」

指輪さんはお公家さんのような天神橋筋レッドの監督を思い浮かべた。

「お茶ぐらい気に入ったの飲まんとな」

定石さんは煙草の本数は減らないが、酒量はめっきり減っている。

「こんなにガタ来たら、もうそろそろ引退や」

「あきません。監督がいないとチームは崩壊します」

「そう言うてもらうと、嘘でもうれしいけどな」

定石さんは顔をほころばせた。

「開幕までには治して行くからな」

「お願いします」

定石さんは野球以外は碁である。

「どや、君もやらんか」

定石さんは指輪さんに碁を勧めたことがある。

「君は気配りができるから、いいスジや思うで」

「碁と関係あるんですか」

「碁も気配りも、柔軟に思考を巡らすことや」

定石さんは碁の話を始めると止まらない。

「碁は宇宙空間や。あの狭い碁盤に十の三百六十乗の打ち手が広がってんや」

「天文学的な数字ですね」

「だから宇宙空間なんや。ああでもないこうでもないとない知恵を絞ってると、段々ええ気分になってくるんや」

「いい頭のトレーニングですね」

「碁打ちに時なし、言うからな」

「ええご趣味ですよ」

「碁は好きは好きやがやっぱり一番は人やな。あこへ行けば、人がおるからな」

定石さんはマスクを外して煙草に火を点けようとして、激しくむせた。

「煙草は止めといた方がええですよ」

「頭ではわかってんやが、こればかりはなかなか止めれんのや」

定石さんは悔しそうに煙草をもみ消した。

「ところで、最近奥さんどうや」

指輪さんはためらいながら話し始めた。

「この間も部屋でごちゃごちゃやってる思うたら、私の服をポリ袋に詰めて窓からポイポイ投げ出したんですよ」

「鍵はしておかんのか」

「普段はしてるんですけど、戸が開かんと怒鳴る時がありまして。いくら説明しても納得しませんし、言えば言うだけ興奮しますから」

「君も苦労多いな」

「苦労ではないですけどね」

指輪さんは反語になった。指輪さんは妻の介護を苦労と取られたくないのである。

「失敬した。悪いこと言うたな。けど、なんでそんなことするんやろ」

「知らん人の服や、言うんですよ」

「だって、君の服やろ?」

「私のやろ言うたら、あんたは誰よ? て」

いつものことですけどねと、指輪さんは苦笑した。

「急に誰やと聞かれてもね。それからは、よその人は出て行けのパニックです。なにしろ急に怒り出しますから」

「そら、困ったな」

「ヘルパーさんに夫はどっかへ行って帰って来ないと訴えているそうです。だから、私のことを夫とは認識していないのでしょう」

指輪さんがアルツハイマー型認知症の妻の介護を始めて十年の歳月である。

「長年やってますけど、なかなか慣れることができません」

「失礼を承知で聞くけどな」

「はい」

「施設へ預ける気はないんやろ？」

「それは、全くありません」

「そやろな」

「私は憶測で介護している訳で、なかなか家内の望むようにはいきません。家内にすればうんと歯がゆいでしょう。私はうんと済まない思うてます」

定石さんはウーンと唸った。

「大した覚悟や」

「覚悟いうほどでもないですけどね」

「いや、誰にもできることやないで」

「恥ずかし話ですが、私今頃になってようやく心が定まりました」

指輪さんは少年のような凛々しい表情をした。

「認知症の公的サービスは随分遅れています。もう少し利用しやすいようになってほしいと思います。けど、不足を言えば切りがありません。介護には人に理解や共感を求めない覚悟も必要だということです。大事な家族のためなら、文句を言わんと黙ってやれということです」

「随分重い言葉やな」

定石さんは打ち手を封じられた表情になった。

㉙

「えらいこっちゃ、大変やー」

ダジャレさんがグラウンドの隅に自転車を倒して走って来た。寒がりのダジャレさんは立春を過ぎても分厚いフード付きジャンパーである。

「えらい遅刻やがな」

開幕が近づいて練習にも熱がこもっている。スローモーのランニングを五十歩百歩が追いかけた。

「後でゆっくり法螺聞いたるから、早よ服脱いで走れ」

針小棒大のダジャレさんの話は軽く受け流された。

「それどこやないんや」

「急（せ）いて急（せ）かん話やろ」

「お家の一大事や」

「お前、鼻動いとるな」

「鼻？」

　ダジャレさんは恵比須顔に禅智内供のような大きい鼻が乗っている。

「お前の鼻が動く時は、法螺や」

　ダジャレさんは慌てて鼻を両手で隠した。ほら吹き男爵ことミュンヒハウゼンは実在の人物である。友人にトルコ軍と闘った自慢話を小説にされたことから、ほら吹きと揶揄されるようになった。今では虚偽性障害の病名にされている。

「鬼か蛇でも出たんか」

「監督が入院や」

　野球小僧の足がピタリ止まった。

「病院へ行ったら、即入院やて」

「嘘言え。検査入院かなんかやろ」

「面会謝絶、やて」

「そんな馬鹿な」

皆は絶句した。

「昭さんは知ってたか」

「いや」

「指輪さんは？」

「こないだ、家へお邪魔したけどな」

親交のある昭さんも指輪さんも要領を得ない。二人は思わず顔を見合わせた。

「Yキリやそうや」

Yキリスト教病院は一九五五年設立の総合病院で、緩和ケアで全国的に有名である。監督の入院となると皆も落ち着かない。その時、留守を預かる指輪さんの声が飛んだ。

「帰りに昭さんと様子見てくるから、話はそれからや」

年長者の昭さんも同調した。

「こういうことはあんまり騒がん方がええ、騒いだらかえって迷惑やがな」

指輪さんと昭さんの報告を受けたのは次の練習日だった。

「おい、ちょっと集まってくれ」

年金タイガースはシーズンオフも皆勤で、休んでいるのは監督とグロちゃんだけである。

「監督のことやが、やっぱり入院やった」

「やっぱりそうやったんか」

「仲間やから正直に言うけどな」

「ああ、なんでも言うてくれ」

「肺や」

仲間は言葉を飲んだ。

「ガンか？」

「どうもそうらしい」

ＣＴ検査で見つかった定石さんの肺がんはステージ４の深刻な状況だった。

「確か、奥さんもがんやったな」

葬儀に参列したのは四年前のこの時期である。監督は弔問客に顔をあげられないほど憔悴していた。

「監督の代わりに息子が仕切ってたがな。二人とも京大出のエリートや。み何とかいうとこへ勤めてんやろ」

　マルクスさんのエリートを見る眼は厳しい。

「お前、よう覚えとるな」

「父が世話になりますと、挨拶しとったやないか」

「そやったかいな」

　監督想いの玉ちゃんは一層早口になった。

「この際、息子を呼びよせるんやろ」

「そうもいかんやろ」

「なんでや。こんな時のための子どもやないか」

「言うても、東京やからな」

「解せん話や。東京やから親の面倒見れん言うんか」

　玉ちゃんは一切迷わなかった。

「よし。そんなら俺が看病する」

「お前は仕事で手ぇいっぱいやろ」

「そんなもん、なんとでもなる」

　指輪さんはこれまで堪えてきたものが止まらなくなった。監督のこと、不憫な妻、そして仲間、大切過ぎて失いたくないものばかりである。

「しっかりせえ。めそめそしてる場合やないで」

　叱咤する玉ちゃんも半泣きである。

「言うとくけど、見舞いはしばらくええからな」

　昭さんが指輪さんに代わって仲間に伝えた。

「なんでや。オレ今日にでも行くで」

「オレもそや。一回見とかんと安心でけん」

「気持ちは嬉しいけど、まだ検査が残ってるし、もちょっと落ち着いてから見舞った方がええ思うんや。なんも急がんでも、これから手ったうことはぎょうさんあるからな。当面は、わしと指輪さんが交代で様子見に行くわ」

「そんなら、経過だけでも教えてくれよ」

　皆が引き上げる頃になって、春隣の空から冷たいものが落ちてきた。

「なごり雪、や」

　誰かがつぶやいた時、自転車に跨った玉ちゃんがワーと声を上げた。店の倒産では泣くまい、泣いたらあかんとじっと耐えた玉ちゃんが、幼児のようにしゃくりあげて泣いていた。

「おい、大丈夫か」

「大丈夫ちゃうわ！」

玉ちゃんは汽笛のような心細い泣き声を残して去って行った。

㉚

「いつもすまんな」

「なに、天六から一駅ですから」

Ｙキリスト教病院は天六から阪急電車で淀川を渡った柴島にある。

「皆も来たがってましたよ」

「見舞いはええからな」は、監督のたっての希望である。

「元気にやってるか」

「はい」

「玉ちゃんは、どうや」

「もう練習に戻っています」

「それ聞いて安心した。気ぃ落とさんと頑張ってもらわんとな」

「玉ちゃんは奥さんと新聞配達を始めたようです」

「いろいろ大変なんや」

「昼間の仕事もあるでしょうけど、野球をしたい一心でしょうね」

監督はしばし瞑目してしまった。

「後は、グロちゃんだけか」

グロちゃんは休部届を出して以来音沙汰がない。

「いろいろあったようですよ。最近嫌なことを耳にして、気にはなっているのですが」

指輪さんは病気の監督に打ち明けてよいものかどうか躊躇した。

「ダジャレさんがそっと耳打ちしてくれたんですが、女のことで暴力沙汰になって怪我をしたようです」

「それ、いつのことや」

「正月明け、らしいです」

「君、行ってやってないんか」

「事が事ですから、陣中見舞いう訳にはいきません」

「陣中見舞て、君な」

指輪さんはグロちゃんの勝手に立腹している。チーム離脱はもっての外だし、その上この不始末で、潔癖性の指輪さんは許せない。

「つべこべ言うてる場合やないで。仲間が困ったら、何を置いても駆けつけなあかんやろ。それが年金タイガースのルールブックや」

監督は指輪さんを一喝した。

「済みません。帰りに寄ります」

指輪さんは直立不動で謝った。

「頼むからそうしたってくれ。語気荒うして済まんかったけど」

監督は指輪さんに頭を下げた。

「いいえ、私の方が悪かったんです」

監督はほっと胸をなでおろした。

「ところで、手術はされないんですか」

「言うても歳やからな。化学療法だけや」

「そうなんですか」

「君やから正直に言うけど、手術でけんほど重症やいうことやな」

定石さんは八十キロの頑丈な体躯である。

「この際、セカンドオピニオンをお求めになりませんか」

「わしはここが好きやからな」

大病院はガイドラインに沿った標準治療を施す傾向があるが、Yキリはそうではない。医療スタッフ一丸となって全人医療的に対応し、訪問看護や介護支援を併設しているのも好都合である。建物からして病院の威圧感がない。

「長う生きさせてもろたんや。あんまり文句は言えんわ。生きるのも大事やが、死に方も大事やからな」

「監督、弱気は駄目ですよ」

「ああ、わかってる。けど、弱気とは違うんや」

定石さんは静かに笑った。

「甘えついでに、言わしてもらうけどな」

「はい」

「持って二か月や」

指輪さんはその場に崩れそうになった。

「なんぼ年寄りでも、そら死ぬのは怖いよ。正直まだ心は揺れてるよ。けど、今さらジタバタしても始まらんやろ。いろいろ手を尽くしたけどこれがキリやでと宣告されたら、そうかキリかと受け入れるのも人の務めやからな」

㉛

「話があるんや」

次男の来阪を聞き、指輪さんは病院の正面玄関で待ち受けていた。

「先に見舞うて来い。喫茶室で待っとるから」

「おじさんも一緒に行ってください。聞いてほしいこともあるし」

「いや。そっちは親子の話もあるやろ」

二階にある茶房は入り口からでも見渡せるが、指輪さんは次男が入って来ると手を上げて呼んだ。

「おーい。こっちや」

指輪さんは対面席ではなく窓際のカウンターに陣取っていた。この方が何かと注文が付けやすい。窓に広がる府立高校のグラウンドでは、春秋に富む若者たちが野球に興じていた。

—僕にもあんな時代があったんだ

父親に野球を教わり、中学までは明けても暮れても野球三昧だった。

「お前、お父さんによう似てきたな」

「そうですかね」

端正な容貌の次男は仕草まで東京風に変わっている。この子は子どもの頃から利発やったと、指輪さんは遠い昔を思い遣った。

「ところでお前、歳なんぼになった」

定石さんの長男と指輪さんの娘は同級生である。

「不惑になりました。相変わらず迷ってばかりですけど」

「ということは、うちの娘は二やな。もうええ歳や」

「連絡、来ますか」

「めったに来んわ。どうせふらふらしとんやろ」

次男は大阪人の合いの手を入れなかった。

「兄貴は見舞いに来たんか」

「まだでしょ」

「なに愚図愚図しとんや」

「今は決算期ですから」

「忙しから、親の見舞いに来れん言うんか」

次男は悟られないよう時計を気にした。

「お前ら、詳しい病状聞いてんやろ」

「はい」

「どうしよう思うてんや」

「今もいろいろ話したのですが」

「どんなや」

「おじさん。東京の病院へ転院するよう勧めてくれません？」

次男は思いつめたように口にした。

「そら、お前らの仕事やろ」

「うんと言ってもらえないのですよ」

そらそやろと、そんなことも分からんのかと、指輪さんは次男を横目で睨んだ。

「お父さんは根っからの大阪人やから、元気な時ならとも角、知らん土地での養生はきついいん違うか」

「だけど、それより方法がありません」

「例えばお前らの嫁を交代で看病に来させる訳にはいかんんか。実家から通えばええがな。あかん時はわしらで埋めるから」

「一日二日なら嫁の実家にも頼めますが、うちは幼稚園ですし、向こうは受験生を抱えています」

「兄貴とこのは、もうはや高校か？」

「いえ。中学受験です」

「それなら、まだいけるやろ」

「東京は中学受験で勝負が決まりますから」

「じゃ、無理やいうことやな」

「そうですね」

「けど、自分らの都合ばっかり言うとったら、話はまとまらんで」

「仲間がおるからここで大丈夫や、お前らは忙しいから見舞いに来んでええと、親父は言うんですけどね」

　監督はそう言うに決まっている。それをわかって聞いたのなら寂しい限りである。

「ま、ゆっくり相談しよか。今日は泊まってくんやろ」

「帰ります。仕事が残っていますから」

　指輪さんは玉ちゃんのように頭に血が昇ってきた。次男は初めての見舞いにビジネス鞄を携えている。

「あほちゃうか」

大阪人のその言葉を、次男は久しぶりに耳にした。今にして聞けばちょっと抵抗がある。他人にあほと言われて気分のいいはずはない。

「親の見舞いやで。ちょっとはゆっくりしたれんのか」

「そうしたいのは山々ですが」

「お前、献体のこと聞いてるか」

「父は献体すると言っているのですか」

「書類に判押したがな」

次男は一瞬物想う表情をした。

「だけど、それは親子でも注文を付ける訳にはいきませんよね」

「注文って、お前な」

「だって、医学に貢献したいという父の意思でしょ」

遺体を医学教育の解剖実習に提供する献体登録者が、この二十年で倍増している。献体が社会的に認知されるようになったほか、死生観の多様化や、家族関係がクールになったという見方もある。身寄りがないので献体したいと言う高齢者も多い。

「お前も随分出世したもんやな」

両家の子どもたちは小さい頃はよく行き来していた。

「わしの娘は問題外やが、お前らも大概や。お父さんはお前らに迷惑かけんように考えとるんやないか」

「献体がですか」

「そや」

「何故ですか」

「何故ですかって、お前な！」

「だけど、葬式位は出せるんでしょ」

「そら、でけんことはないやろけどな。おい、お前今何言うた」

指輪さんは口角泡を飛ばしそうになった。

「お前らの腹、ようわかったわ」

「そんな冷たいことを言わないでください」

「冷たいのは、どっちや」

多忙を極める企業戦士にウエットは通じないと、指輪さんは痛感した。

「もうちょっと頻繁に来たる訳にはいかんのか」

「わかっているつもりですけど」

「つもりではあかんやろ。いっぺん兄弟でよう話し合うてみ」

「連絡は取り合っていますが、何しろ二人共忙しいですから」

「忙しいのを自慢して、どうすんや」

次男は思わず失笑した。大阪人は他人の芝生にズカズカ入ってくる。

「お前ら、同じ会社やないんか」

「系列は同じでも別会社です」

指輪さんはこれだけは言わないと気が済まなくなった。

「お前いくらなんでもあんまりやで。東京に魂売ってしもてるがな」

指輪さんは怒り過ぎて口がカラカラに渇いた。指輪さんは残ったコップの水を一気に飲み干した。

「お前らにとって親はなんや。独りで大きぃなったような顔しとったらあかんぞ」

「わかっているつもりですけど」

「いいや、ちーともわかっとらん。ええか、賢いお前にこれだけは教えといたるわ。よう聞けよ。人間はな、何を置いても、どんな無理をしても、絶対せなあかん事があるんや。せなあかん時があるんや。それをせんかったら、いくら仕事でけてもアウトやで」

指輪さんは「こんなことまでわしに言わすんか」と、心底情けなくなった。エリートは再び時計を気にした。

「仕事も大事やけど、親も大事やろ」

企業戦士は感情を出さないから本心がさっぱり読めない。

「嫁や孫も見舞いによこさんかい。監督は孫の顔かて見たいがな」

「そうですね」

「病気の家族のケアは、お前の子どもの大事な教育でもあるんや。それが後の代に続けるいうことや。オッチャンの言うてること、間違うてるか」

「いいえ。ありがたいお言葉です」

「兄ちゃんにも重々言うとけ。それと、も一つ」

「なんでしょう」

「お父さんが家に帰りたい言うたら、オッチャン連れて帰るからな。そういう状況やいうことだけは認識しとけよ」

次男はかすかに顔を歪めた。

「何かとお世話になりますが、どうぞよろしくお願いします。それでは、私はこれで失礼します」

「オレが払うわ」と言うのを、「いえ、ここは私が」と会計を済ませ、次男は先に茶店を出て行った。ぱりっとしたビジネス鞄を抱えた次男の後ろ姿には、関西人のもっちゃり感がすっかり消えていた。

㉜

「治療は大変でしたか」

定石さんの抗がん剤治療は、白血球の急激な減少で二週半ばで打ち止めになった。定石さんはこの間見舞いを断っていた。

「ちょっとは吐いたりしたけどな」

しばらく会わないうち、頬が削げ落ち、美しい銀髪は消え、指先だけが異様に膨らみ、宿痾の顔である。だが、昭和一桁は痛くても辛くても多くを語らない。

「だいぶ落ち着いたから、近々帰ることにするわ。医者もそうしたらええ言うんや」

「それはよかったですね」

「動けるうちは家にいたいからな。それに、できることならもう一ぺん練習にも行きたいし」

　指輪さんは平静を装って尋ねた。

「何か手伝うこと、ありますか」

「ありがとう。けど、大丈夫やで」

「こんな時くらい甘えてくださいよ」

「もうずいぶん甘えさせて貰うた。随分ありがたい思うてるよ」

　定石さんは竹馬の友をじっと見つめた。

「なあ、君」

「はい」

「昔は皆、自宅で息を引き取ったもんやけどな」

「奥さんの時もそうでしたね」

「最期は家がええ言うたからな。死ぬのを待つだけやったら、病院より住み慣れた家で過ごしたいからな」

　指輪さんは監督の本音を垣間見た気がした。病院はいくら親切で完全看護でも、所詮自宅とは違う。

「私は孤独死で充分やけど、万一ニュースにでもなったら息子たちに迷惑かかるし、やっぱり病院で死ぬよりないけどな」

人の心より便利・快適・合理が優先の二十一世紀の経済社会は、役に立たないもの、厄介なものにはフタとばかりに、人生の最期を隠れるように病院で終えなければならない。

「私も一緒ですよ」

「君とこも東京やからな」

「放蕩息子ならぬ放蕩娘です」

「離れとったら、どしても水臭いからな」

「どうしてもそうなりますね」

指輪さんにも娘との距離感がある。

「それで、この先の治療はどうなるんですか?」

「君、QODって知ってるか」

「QOLは、聞きますけどね」

「QODは死に方の質や。ええ死に方いう意味やろ。もうわしはあんまりじたばたしとうないし、ここで緩和治療だけしてもらうつもりや」

指輪さんは言葉が浮かばなくなった。

「ところで、君に頼みがあるんや」

定石さんはベッドの上で急に改まった。

「なんですか。なんでも言ってください」

「この際、監督を引き受けてもらえんか」

「いやです。お断りします！」

「君が引き受けてくれんかったら、困ったな」

定石さんはベッドの上で座り直して両手を合わせた。

「頼むわ、この通りや」

「いやです。年金タイガースの監督はあなたしかいません！」

指輪さんはいじめっ子に対峙する顔になった。

㉝

―わしと一緒にこの名前も消えるんや
定石さんは退院の手続きをしながらそう思った。
―がん細胞も死ぬんやから、チャラやけど

キューブラー・ロスは死へのプロセスを否認、怒り、取引、抑うつ、受容の五段階と説いたが、人は誰に教わらなくても黙って生の衣を脱いで逝く。

—告知からは、あれよあれよという間ぁやった

定石さんは感傷は駄目だと自分を叱りつけているところへ、玄関のブザーが鳴った。

「どなたや」

「監督、迎えに来ましたよ」

「迎えに来たでー」

玉ちゃんの声は甲高いからすぐ分かった。

「いろいろ大変やったな」

「その話はおとといまでや。車椅子持ってきたで」

「車椅子？」

監督は玄関に出て驚いた。

「これ、どうしたんや」

「支援学校で借りてきたんや」

「支援学校？」

「ええから、乗りぃよ。練習始まるで」

横から指輪さんが取り成した。

「先日車椅子の話してたでしょ。車椅子があればえんやがとおっしゃってたでしょ」

「それで用意してくれたんか」

監督は神妙な顔付きで奥へ入って行った。しばらくして出て来た監督は縦縞のユニフォームに身を通していた。

「悪いけど乗せてってくれるか。あこまで歩くの大変やったんや」

監督は帽子を取って頭を下げた。

「よっしゃー、ほな行くでー」

春風橋を越えると、ボートを漕ぐ市立大学漕艇部の掛け声が聞こえてきた。ボートは、ゴールに背を向け一心不乱に漕ぐ。それは先が見えない手探りの人生とオーバーラップする。オールをまっすぐ、長く、素早く漕ぐ鍛錬のほか、何より大切なのは力を一所に集めるチームワークである。舵付きエイトは六十二フィート、十八・九メートルの雄姿である。

「若者は元気が一番や」

「なんか、言うたか」

「いいや」

監督は見慣れた大川沿いの景色を名残惜しげに振り返った。もう見ることはないと思うと、目にする物すべてが美しく映ってならない。

「ええ気持ちや」

「そやろ」

「私ご近所ですから、いつでも言ってください」

東さんが遠慮がちに声をかけた。関東人は押し付けない配慮をするが、関西人は直接行動で善意を図る。

「そんなこと言うてんと黙って押しかけるんや。だから関東人はあかんのや」

玉ちゃんが注文を付けた時、水面から大川の主が勢いよく飛び跳ねた。

「鯉ですか？　すごいジャンプですね」

東男の東さんが驚愕した。

「世の中元気に回ってる証拠や。えらいええもん見せてもろたわ」

監督は何かを吹っ切ったように微笑んだ。

グラウンドに着くと、真っ先に駆け寄ったのはグロちゃんだった。

「オース！」

グロちゃんは眉間の傷が生々しい。監督は思わずグロちゃんの手を握った。

「おい、恋人みたいやないか」

グロちゃんは大いに照れている。

「恋人みたいなもんやろ」

監督も軽口になった。

「いろいろ心配かけて、済まんかったな」

グロちゃんは神妙に頭を下げた。

「いいや。私の方こそようけ休んでしもうてな」

「指輪さんから聞いたけど、大丈夫か」

グロちゃんは目で案じた。

「グロちゃんは、大丈夫か」

「わしはすっかり六根清浄や」

監督は帽子を取って髪が抜け落ちた頭を示した。

「私かて六根清浄や」

「ほんま、そやな」

「もう、懲りたか?」

「わしはそんなけち臭いことはせんで」

監督はハハハと腹の底から笑った。

「心配かけたけど、今日はよろしく頼むわ」

監督は病状を一切口にしなかった。

「グロちゃんも挨拶しとくか」

「わしはええ」

「そうか、そんなら元気に練習始めよか」

監督は半分に痩せた体をきりりと伸ばし、精一杯声を張った。

今年こそ、優勝や！
ソヤ！
絶対負けへんで
ソヤ！

グロちゃんが監督にそっと耳打ちした。

「監督。必ず巻き返してエースの座奪うからな」

「ああ、頼むで」

チームワークは気の合った同士だけで成立するものではない。目指す目標が合致すれば、後はノー・プロブレムである。スポーツはそのことを頭ではなく体で教えてくれる。縦縞ユニフォームは声を掛け合いながらゆっくりグラウンドへ散って行った。

「温うなったな」

「淀川の河川敷で、もうはや鶯鳴いとったで」

早春のまだ弱い光が影になったり日向になったりしながら、野球小僧たちを追いかけ追い越した。

㉞

「昭、遅いな」

義雄さんが指輪さんに尋ねた。

「今朝は病院へ寄ってから来る、言うてましたよ」

「塩梅、悪いんか?」

「そんなことないでしょ。昨日も安定してましたから」

「今日都合悪い言うてたから、代わろ思うてたんや」

「それで、朝行ったんですかね」

監督が呼吸困難に陥り救急車で搬送されたのは、閏年の二月末日である。玉ちゃんが泊まっていたので事なきを得た。その後は順番を決めて見舞っている。

「今日は実戦形式でいきましょか」

「アイアイサーや」

開幕前の今が大事な時である。守備陣が位置につき東さんの投球で交代で打ち始めたところへ、指輪さんの携帯が鳴った。

「おい、ビービー鳴っとるで。奥さんちゃうか」

妻が電話するはずはないと思いながら、携帯を取った指輪さんの顔色が一変した。

「おい、練習は中止や」

指輪さんの声が二回、三回と裏返った。

「監督が危篤や。昭さんからや」

仲間は次の瞬間、自分の動線を計算した。

「チャリや。チャリの方が早い」

「電車の方が早いいん違うか」

グロちゃんがその場を取り仕切った。

「そんなこと言うてる場合やない。タクシーや」

「金、持ってへんで」

「そんなもん、なんとでもなる」

「そんなら、ここへ自転車置いとくわ」

「そんなボロ自転車誰が盗ってくか。それより誰か通りへ走ってタクシー拾え」

「何台や？」

「三台に決まっとる」

玉ちゃんが韋駄天で飛び出すと、ダンディさん、東さんも続いた。後は口ほどには走れない。

「運ちゃん。悪いけど急いでくれ。それとな。急なことで金の持ち合わせないから、タクシー代は後払いにしてくれ。わしらは逃げも隠れもせんからな」

グロちゃんは仕事で使う名刺を渡した。

「Yキリでっか。わかりました」

運転手は緊急を周知した。

「ええか、着いたら誰か走ってエレベーターのボタン押せ。他に乗り込んで来たら、訳言うて待ってもらうんや」

　グロちゃんは到着後の行動をシミュレーションした。

「けど、あこはそう混んでへんで」

「念のためや。わしらは一刻を争うんやから」

「そんなら俺が一番や」

　玉ちゃんが請け負った。

「そや。お前が適任や」

　そうこうするうち、タクシーは百円道路で淀川を渡って淀川区の市街地に入った。

「運ちゃん、まだ着かんのか」

「あともうちょっとですわ」

「間に合うようあんじょう頼むで。なんせ命より大事な人なんやから」

　仲間の焦燥が、タクシーを救急車に変身させた。

㉟

「よう間におうてくれたな」

息せき切って駆け付けた仲間がぐるり囲んで手を握ると、監督の大きい手はまだ温かった。

「監督、来たで。わしらが付いとるからもう心配いらん」

仲間が代わる代わる声をかけると、監督はかすかに口を動かした。

「おい、なんか言うてるで」

「確か耳は聞こえてるはずや」と、玉ちゃんは震える小声で歌い出した。

♪闘志溌剌　起つや今
熱血既に　敵を衝く
獣王の意気　高らかに
無敵の我等ぞ　年金タイガース
オウ　オウ　オウオウ　年金タイガース
フレ　フレフレフレ

抑揚のないオンチの歌を、仲間は固唾をのんで聞いている。医師も看護師も項垂れて聞いていたが、年金タイガースのフレーズではかすかに笑みがこぼれた。

歌が終わるのを待っていたように、監督はキーと音を立てて息を吸い込んだ。かすかに振幅していた心電図モニターの波形がフラットになると、医師の顔がかすかに曇った。

「あかんのか？」

「そうか、もうあかんか」

「皆さんの来られるのを待っておられたのでしょう」

昭さんの目から涙が一筋伝って落ちた。

「おい、監督が引退するってよ。みんなでお礼言おや」

昭さんがいきなり拍手を始めた。昭さんはそうせずにはいられなかった。

「監督。長い間ご苦労さんやったな」

仲間も、泣くのを忘れて千切れるほど手を叩いた。

「野球やってて、めちゃ楽しかった」

「みんな監督のお陰やで。おおきにな」

医師や看護師たちは、カーテンコールのように立ち上がって拍手した。

パチパチパチパチパチパチパチパチパチ

謹厳実直な八十三年の人生を閉じた男の病室は、死の儀式を無事終えた安堵感と、後にはどうしようもない寂寥感が残った。

「あああ」

　ハンモックさんは病室の隅に蹲ったままじっと動かなかった。


「今夜はお水取りやね」

　定石さんが夜の検温に来た看護師に笑顔で話しかけた。

「明日から、もうはや春や」

　その時刻奈良東大寺では、二月堂の回廊舞台の上から練行衆たちが真っ赤な籠松明を振りかざしていた。伽藍の下に詰めかけた観衆の頭上に火の粉が降り注ぎ、それは千二百年続く奈良伝統の神事である。定石さんは妻や子どもたちと訪ねた昔日のことが、走馬灯のように過った。

「急変したのは朝食を終えてからです。それまでは、この夏のオリンピックの話をされてたんですよ」

「朝は食べれたんか」

「ほんの少しですが、おいしそうに召し上がりました」

「そうか。そらよかったわ」

仕事をやりくりして頻繁に見舞った玉ちゃんは怒りを露わにした。

「子どもらはどうしてんや」

「なんせ東京やからな」

「東京から一体何時間かかる言うんや。まさか鈍行違うやろな」

「確かに、ちょっと遅いな」

「お悲しみのところを誠に申し訳ありませんが、故人は献体を希望されていますので、大学から遺体を取りに来るまでの間霊安室に安置させていただきます」

「えっ、ここじゃあかんのか」

看護師たちは既に遺体の清拭を終えている。冷凍室のような装置がある霊安室への移動は、遺体を損傷させないためである。

「やっぱり病院じゃ死ねんわ。気ぜわしわ」

仲間はこういう看取り方は経験したことがない。

「献体いうことは、通夜も葬儀もせんのか？」

献体でも通夜・告別式はできるが、定石さんは直葬を希望した。

「せめてぼんさん呼んでお経もろたらどうや」

信心深いダジャレさんは、簡素な線香立てしかない霊安室を嘆いた。

「棺はどうすんや？」

昭さんは献体の委細を監督から聞いていた。

「棺は大学から持って来るんや」

「いったんは棺に納めるんか」

「大学まで搬送せなあかんやろ」

「その後はホルマリン漬けか」

ダジャレさんは思わず身震いした。

「医学に貢献したいという監督の意思やからな」

「そらそうやけど」

昭さんの説明をいくら聞いても、仲間は腑に落ちない。その時、廊下に出ていた玉ちゃんが慌てて戻って来た。

「おい、棺担いで来たで。あれ違うか」

仲間も慌てて廊下へ出た。

「えらい雨降ってるがな。さっきまであんな天気よかったのに」

棺を担ぐ学生たちが小走りで建物に入り、後ろは准教授かなんかであろう。教授にしては年恰好が若い。全員が地味な黒服である。霊安室に入った学生たちは、神妙な面持ちで頭を下げた。

「ご遺体の引き取りに参りました」

献体は「医学及び歯学の教育のための献体に関する法律」に規定され、全国の医学系大学では年に四千件近い解剖を行っている。解剖後は大学で火葬し、遺骨の返還は一、二年後になる。身寄りがない場合は霊園等にある大学の納骨堂に合祀される。

「引き取らせていただいて、よろしいでしょうか」

「ちょっと待ってくれ。息子らがまだやねん」

「東京からや。息子らに会わさん訳には行かんやろ」

「それなら、棺にお納めしてお待ちしましょうか」

「頼むわ。そうしたってくれ」

仲間は神妙に頭を下げた。

㊱

「ほんま遅いな」

「だいぶ待たしてもうてるからな」

仲間が焦燥しているところへ、待ちかねた靴音が聞こえてきた。

「遅くなりまして、誠に申し訳ありません」

背を低く入って来た息子たちは、首都でもまれているせいか年齢以上の落ちつきと貫録を備えている。グロちゃんが苦手とするタイプである。

「お父さん死んだいうのに、お前ら一体何しとったんや」

指輪さんが声高に詰問した。

「お父さんは、独りで死んでしもたんやで」

怒りがこみ上げる指輪さんを、「もうそれ以上言いな」と昭さんが制した。

「お前らかて、精一杯急いで来たんやろ」

指輪さんはまだ言い足りない。

「家族は、どしたんや？」

「急なことなので、私たちだけで参りました」

「おい、なんぼなんでもそれはないやろ」

長男は息子の中学受験と重なったことを明かさなかった。

「誠に申し訳ありません」

「お前ら、先にお父さんにお別れ言え」

昭さんがこの場を取り成した。二人は殊勝な面持ちでビジネス鞄から数珠を取り出し棺の前に進んだ。

「棺を開けて、いいですか」

息子が大学関係者に尋ねている。

「どうぞ」

亡き父に対面した息子たちの動きが、突然ストップモーションになった。

「あ、そやった」

長男は弾かれたように懐から煙草を取り出し、ライターで火をつけた。

「おい、不謹慎やで」

指輪さんが注意しようとした時、長男がぼそっと亡き父に語り掛けた。

「オヤジの好きな煙草やで」

長男は煙草を亡き父の口元に添えた。

「存分に吸うてんか」

静寂の空間に白い煙がゆらゆら昇る。

「オヤジ灰落ちるで・・・ああ、オヤジはほんまに死んでしもたんや」

次男が自分の矛盾に気付いて、幼児のようにしゃくり上げた。親に死なれて心細くない子どもはいない。仲間は思わず嗚咽を漏らした。

「しばらく親子だけにしといたろ」

昭さんの指示で、仲間も大学関係者も廊下へ出た。ドアを挟んで息子たちの嗚咽が漏れてくる。

「不甲斐なさに、身が縮む思いです」

霊安室を出た息子たちが改めて陳謝した。

「立派なお父さんやったからな」

「私たちの誇りです。何一つ孝行できませんでしたけど」

「言うても、お前ら東京や」

医学生が場を気遣いながら気弱な声で告げた。

「そろそろ、よろしいでしょうか」

「そや、長いこと待たしてしもうたな」

昭さんが息子たちに命じた。

「お前ら、お父さんを担いでいけ」

「ええんですかね」

「ええも悪いも、お前らのオヤジなんやから」

棺の前後を子どもたち、横を学生たち、仲間は粛々と従う。廊下から駐車場までの短い野辺の送りだった。

「ご遺体が雨に濡れないようにね」

准教授の指示で素早くドアが閉じられると、それは宅配便のドアの音に聞こえた。

傘を差した主治医と看護師たちが合掌する中、クラクション一つ鳴らしてワゴン車は去って行く。

「ああ、行ってもうた」

人はどんなに辛くても、ちゃんと別れの挨拶がしたい生き物である。そうでないと、一歩も前へ踏み出せない。

「あんまりあっさりなんで、気持ちの置き場がないわ」

玉ちゃんが持て余したように呟いた。

「監督の意思やからな。よしとせなあかん」

昭さんが慰めても、大切な人の死がこれほど事務的に済まされると、仲間は憤りに似た感情がこみ上げてきた。

「お前ら、家へ寄るんか」

同じように所在なげな息子たちに、指輪さんが声をかけた。

「おい、どうする？」

長男は次男を見ると、次男は素早く時計を見た。

「そうだね」

二人はすでに企業戦士の顔に戻っていた。関西弁もすっかり消えている。

「今日はもう何もないんですよね」

「ないといや、ないけどな」

「それでしたら、今日は止めて別の機会にします」

「そうか、そんなら家に寄らんのか」

指輪さんは監督宅で息子たちを囲んで精進落としをしたかったのである。

「鍵預かっとるけど、どしたらええ？」

「そうですね」

長男はしばし熟慮した。

「ご迷惑をおかけしますが、しばらく預かっていただいてもよろしいですか」

「そうか。そんなら時折風通しておくからな」

「お手数をおかけしますが、何分よろしくお願いいたします。近々お礼に伺いますので」

「礼なんかええけど、家の整理もあるやろからな」

「その件ですが、父の遺骨が戻ってくるまでは、実家はそのままにしておこうと弟と相談しています。納骨式もありますので」

「そうか。それもあるんやったな」

指輪さんは今の今まで露思わなかったが、息子たちは先の先を読んでいた。

「本日は父のご会葬を賜り、誠にありがとうございました」

息子たちは深々と頭を下げ、折り畳み傘を広げて大股で去って行った。

「忙しない奴らやで。オヤジが死んだいうのに、悲しむ間ぁもないんかいな」

グロちゃんが息子らの背に呟いた。

「わしはチョンガーで身よりないけど、葬式だけは頼むからしてくれ。やっぱり葬式は必要や。人生の最期がこんな簡易に済まされたら、生きる値打ちわからんようになるわ」

義雄さんは仲間に訴えた。

「任せとけ。お前の始末はわしがちゃんとつけたる」

紘一さんが胸を叩いて引き受けた。

「何言うてんや。お前はわしと歳ちょぼちょぼやろ。頼むんなら若い玉ちゃんかハンモックさんや」

「おい、ハンモックさん頼まれたで。どうする？」

ハンモックさんでは頼りになるかどうかはわからない。第一あの世行きは順不同である。

「雨も止みそうやし、精進落としするか」

昭さんは仲間を誘ったが、呑兵衛たちが誰一人乗ってこなかった。

㊲

「にぎやかに送ってやりたいな」

玉ちゃんとダンディさんはこのところ妙に馬が合う。

「鳩でも捕まえて飛ばそか。お前ならなんぼでも捕まえられるやろ」

玉ちゃんはハンモックさんをそそのかした。ハンモックさんには不思議な力がある。人が近づけば瞬時に逃げる鳩が、ハンモックさんが屈むとトコトコ寄って来る。

「手品師になったら、よかったんや」

指輪さんは早速携帯で連絡を取り始めた。

「通院組がおるから午後にしてくれ言うてるけど、ええか？」

「二時いうたら、昼寝の時間や」

「あかんか」

「しゃあないがな」

ピンクボーイズは監督の壮行試合だと言うと、「喪章つけなあかんな」と返事が返ってきた。

「お前らはええよ」

「オレらにとっても仲間うちや」

引退試合が行われたのは、大川の桜が花筏を組んで大阪湾へ流れ去った二週間後である。

「頼むから今日だけはわしに投げさしてくれ」

グロちゃんは真っ先にグラウンドにやって来て、バックネットめがけて投球練習をした。

「任せたで」

年金タイガースは縦縞の肩に黒い喪章をつけている。ピンクボーイズもピンクのシャツの上から黒い喪章をつけている。三塁側では監督の遺影が静かに笑って見つめている。

「ええ写真や」

新監督の指輪さんが仲間を激励した。

「勝っても負けても、ええ試合しよな」

試合はハンモックさんが幸先よくヒットを放ち、素早い動きで一塁を蹴って二塁へダッシュした。

「お前かて、やればできるんや」

「あ！」

五回には義雄さんが二塁打を打ち、玉ちゃんが連打で続くと、義雄さんは痛風の足を引きずってダンプカーのようにホームへ駆け込んだ。臨時エースグロちゃんも、七回裏には胸のすくホームランである。

「のんびりしとったら、日ぃ暮れてまうからな」

ピンクボーイズもこの日ばかりは年金タイガースに華を持たせる声援ばかりである。

「五対一で年金タイガースの勝利、双方礼」

プワー
プエー

色とりどりのジェット風船が空に放たれた。甲子園球場で七回裏の攻撃が始まる前に放たれる風船で、仲間が何度も相談して決めたこの日の演出である。

「きれいやな」

「バッチグーや」

鳥の群れが鳴きながら塒に帰って行く。平和で寂しい春の夕暮れである。西の字は鳥の巣の形からできたものらしい。

「逃げも隠れもせえへんで。監督みたいに、堂々生きて、堂々死んだる」

グロちゃんが内奥を吐露した。

「ええこと言うがな」

仲間も次々口にすると、山の鳥がアーアー応える。

逃げも隠れもせえへんで
堂々生きて、堂々死んだる

アアー、アー

「これからも、野球続けるで」

指輪さんが宣誓した。

「その言葉待っとったんや。野球やっとったら、死ねへんて」

心機一転の玉ちゃんもフットワークは軽い。

「監督は心の中におるから、悲しまんでええで」

昭さんは親鸞上人のようである。

「それにしても、かっこええ男やった。ごちゃごちゃ言わんと、黙ってためになること教（お）せてくれた。黙って棺を蓋（おお）いて事定まる、とはこのことや」

グロちゃんは得意の諺でその場を締めくくった。

合掌！

〈了〉

著者プロフィール

中村 俊治（なかむら しゅんじ）

大阪市在住。

なにわ草野球ボーイズ

2021年5月15日　初版第1刷発行

著　者　中村 俊治
発行者　瓜谷 綱延
発行所　株式会社文芸社
〒160-0022　東京都新宿区新宿1－10－1
電話　03-5369-3060（代表）
03-5369-2299（販売）

印　刷　株式会社文芸社
製本所　株式会社MOTOMURA

ISBN978-4-286-22584-5　JASRAC　出2101542－101